A L'AUBE DE LA GENESE

DU MÊME AUTEUR :

Un jour sans toi, éditions Publibook, 2006
Je ne t'oublierai pas, BOD, 2017
Calie et le monde magique d'Amilo, BOD, 2018

Jérôme HUMBERT

A L'AUBE DE LA GENESE

© 2020, Humbert, Jérôme
Edition : Books on Demand,
12/14 rond-Point des Champs-Elysées, 75008 Paris
Impression : BoD - Books on Demand, Norderstedt, Allemagne
ISBN : 9782322210602
Dépôt légal : avril 2020

Je tiens à remercier Inès, Laetitia, Gaëlle et Virginie pour leur patience quant à la relecture du roman. Ce fut un travail aussi important que l'écriture.

A mes parents.

1

Comme tous les jours, du lundi au vendredi, Joseph
Legall garait sa Ford Mondéo dans le parking sous-
terrain Indigo Paris Soufflot-Panthéon. L'un des plus
proches de son lieu de travail, en tout cas, l'un des rares
qu'il affectionnait. D'autant plus qu'il avait le choix
parmi plus de cinq cents places s'il arrivait tôt le matin.
Une fois garé, il avait pour habitude de prendre en photo
le numéro de sa place. Non pas qu'il oubliait rapidement,
mais il donnait tellement d'informations dans la journée,
qu'il avait peur d'omettre un détail en début de soirée.
Une fois à l'extérieur, il longeait la rue Soufflot, tournait
à gauche sur la rue Victor Cousin où surplombait, à
droite et à gauche, de hauts bâtiments, passant devant le
célèbre cinéma du Panthéon ouvert en 1907, et longeant
la façade ouest de la Sorbonne, son lieu de travail. Dans
sa main droite, il tenait sa chemise noire où il conservait
les résumés des cours qu'il donnait dans la journée, ainsi
qu'un cahier de jeu avec des sudokus. Il adorait, lorsqu'il
avait du temps à perdre, se jeter dans les énigmatiques
grilles de ce jeu. Alors que la plupart de ses confrères
étaient quasiment toujours habillés d'un costard, Legall
était plutôt du genre décontracté du haut de ses trente-
sept ans. Chemise blanche, jeans bleu foncé et une belle
paire de chaussures derby couleur noire. Alors qu'il
venait de franchir la grande porte pour arriver dans un
large couloir, il scruta du coin de l'œil sa montre. Son
premier cours de la journée commençait dans quarante
minutes, à neuf heures. Il rasa quelques couloirs avant
d'arriver devant sa salle de classe. En réalité c'était bien
plus grand qu'une salle de classe classique. Il donnait

cours tous les mardis dans un amphithéâtre pouvant accueillir non loin d'une centaine d'élèves. Toutefois, comptant les retardataires et ceux qui ne venaient pas suivre les cours, il se retrouvait généralement devant cinquante ou soixante étudiants. Il avait encore du temps avant que ceux-ci ne viennent déambuler devant lui. Il s'installa sur sa chaise, posa son attaché-case sur le bureau et en sortit un livre, ou plutôt un cahier, souple avec des grilles à cases vides et à case remplies de chiffres. En effet, Joseph Legall adorait jouer au sudoku. Bien entendu il achetait les cahiers de jeux niveau difficile au risque de s'ennuyer. Bien qu'il lui arrivait parfois de rester plusieurs heures sur la même grill. Il sortit ensuite son stylo Bic et commença la page douze. La plupart des gens utilisait un crayon de papier afin de gommer s'ils se trompaient, mais il comparait ça à la vie : quand on commet une erreur, on se doit de la rattraper. Même si l'on peut s'excuser, il restera toujours une trace. » C'était un peu pareil avec ses jeux. Même s'il gommait, il resterait la trace de son erreur, mieux valait donc réfléchir avant. Alors qu'il venait de terminer une grille, il regardait une feuille A4 pliée en trois, posée dans sa mallette. Une lettre qu'il avait reçue dans sa boite aux lettres hier et qui en plus de l'intriguée, l'inquiétait. Il aurait pu penser à une erreur, mais c'était bien adressé à son nom. Seul le destinataire restait mystérieux. Il avait beau chercher qui dans son entourage avait une écriture similaire, mais personne ne lui venait en tête. Pourtant il avait cherché une bonne partie de la nuit, toutefois rien. En revanche, cela pouvait expliquer pourquoi il avait de petits yeux ce matin-là. Puis il y avait aussi les mots posés sur le papier.

Est-ce que quelqu'un veut jouer avec moi ? se demanda-t-il. Lui qui aimait résoudre des énigmes, des équations et des sudokus, pour une fois, il était perplexe et soucieux. Mais il était temps de passer à autre chose. Deux élèves entrèrent dans la salle. Il n'était que huit heures quarante-deux. Il faut dire que ces deux-là venaient toujours en avance. Léa Bertin, vingt-trois ans, et Nathan Morin, vingt-trois ans également. D'après certaines, rumeurs ils se fréquentaient. Que ça soit le cas ou non, cela n'impactait en rien ce qui était arrivé au professeur Legall.

-   Vous ne pouvez donc pas vous en empêcher ? lança Legall avec un sourire au coin des lèvres.
-   On se fiche des quelques clampins qui nous traitent de « lèche cul ». Ça nous passe bien au-dessus.
-   Et vous avez bien raison. J'observe bien assez les élèves pendant mes cours pour savoir qui pourrait l'être. Mais vous deux, vous êtes bien trop honnêtes pour ça.
-   D'ailleurs professeur, quel est votre avis sur ce qu'on nous enseigne depuis tout petit sur qui nous sommes ? Et d'où nous venons ? Vous pensez réellement que nous sommes filles et fils d'Adam et Ève ? Non parce que ça voudrait dire dans ce cas que nous sommes tous frères et sœurs, je me trompe ? questionna Nathan en retroussant les manches de sa chemise à carreaux bleu aux contours couleur miel.
-   Votre question jeune homme est bien plus complexe que cela. Et puis, je suis professeur de

8

maths et de sciences. Il serait absurde de ma part de penser le contraire.

- Et pourtant ça tient tout de même la route, non ?
- Mademoiselle Bertin, en pensant cela, vous insinuez donc que nous sommes tous consanguins ?
- Ou alors que la création de l'Homme serait fausse. Un mythe, une légende urbaine.
- Bien des Hommes ont voulu percer ce mystère. Il ne me semble qu'aucun n'y soit parvenu.
- C'est pourtant bien vous qui dites souvent « ça n'est pas parce qu'une équation est complexe, qu'elle n'a pas sa solution. »
- En mathématique, bien-sûr ! Votre question de base est une équation sans fin avec une multitude de réponses. La vraie question deviendrait alors « qu'elle est la bonne réponse ? »

Léa se leva et se dirigea vers le bureau du professeur tout en tirant sur sa jupe en polyester grise.

- Professeur, et si la solution de cette équation était : le plus grand mensonge de l'humanité ?
- Je pense que vous allez un peu loin. Rappelez-moi votre âge ?
- Vingt-trois.
- Vingt-trois ans. Et vous pensez qu'à vingt-trois ans, sans être partie sur les traces de ces mystères, vous pouvez affirmer de tels propos ?

La jeune femme n'e pas eu le temps de répondre que la sonnerie retentit et cinq élèves entrèrent déjà dans la salle. Elle retourna alors s'asseoir en suivant les autres. Petit à petit l'auditoire se remplissait. Un afflux de jeunes étudiants s'accumulait. Legall était pressé de savoir qui allait rendre son devoir. Il avait pour habitude de recevoir un tiers des travaux demandés, voire deux tiers dans le meilleur des cas. Il savait pertinemment qu'une bonne partie de ces universitaires n'était là que pour faire « plaisir » à leurs parents. Une fois tout le monde installé il lança d'une voix très posée et sereine :

- Pour celles et ceux qui ont volontairement oublié leur devoir, je les invite à prendre la porte sur ma droite afin de ne pas faire perdre de temps à celles et ceux qui veulent travailler.

Comme il s'y attendait, une vingtaine d'étudiants se leva et descendit les marches séparant les deux rangées de tables et chaises. En revanche, ce à quoi il ne s'attendait pas, c'est que toutes ces personnes déposèrent sur son bureau leurs copies avant de retourner à leur place. D'autres firent pareil à l'exception d'une personne : Léa Bertin.

- Vous étiez trop occupée à cherche Jésus ?

Un fou rire général envahit la salle tandis que la jeune femme était plus que mal à l'aise. *D'autres étaient au courant ?* se demanda Legall. C'était en tout cas ce qui expliquerait cette jacasserie instantanée.

Après avoir calmé la salle, il poursuivit tranquillement son cours. Il ne s'en était pas rendu compte, mais sur les unes heure trente d'instructions qu'il avait à donner, une bonne vingtaine de minutes étaient déjà passées. Dos à ses étudiants il écrivit sur son tableau noir une nouvelle équation accompagnée d'une formule. Certains restaient perplexes. La vibration sur le socle en bois le surprit. Il invita donc les jeunes étudiants à résoudre le problème tandis qu'il basculait ses yeux au-dessus de son téléphone portable qui était posé sur le bureau :

« *La vie est-elle vraiment ce que l'on croit qu'elle est ?* »

Il mit son téléphone en veille et tenta d'oublier ce message d'un destinataire inconnu. Et pourtant celui-ci se remit à vibrer :

« *Ce n'est de loin pas une plaisanterie Professeur. Vous devez accepter que parfois l'inconscient collectif est plus réel que le fantastique.* »

2

Legall tentait de comprendre. Le numéro qui envoyait ces messages était le suivant : 733. Il avait beau regarder sur internet, aucun résultat concluant.
Est-ce que ça ne serait pas c'est cette jeune Léa qui tente de me faire croire encore à des propos irrationnels ? pensa le professeur. D'autant plus qu'elle était pas mal collée à son téléphone. Ça ferait d'elle un coupable en or. Il lui demanda alors de le rejoindre. Elle descendit les quelques marches qui les séparaient.

- Je peux savoir à quoi vous jouez exactement ?
- Je vous demande pardon ? répondit timidement la jeune femme.
- Les SMS. C'est bien vous ?
- Professeur… Je… Même si je voudrais vous écrire, je n'ai pas votre numéro. Et je ne vois pas pourquoi une étudiante de vingt-trois ans écrirait à son professeur de presque quarante ans.

Trente-sept ans. Il n'avait que trente-sept ans. Bien qu'il fût irrité d'avoir été vieilli de trois ans, il la trouva sincère. Ce qui l'inquiétait c'est qu'elle avait l'air plus sincère que quand elle parlait de sa version de l'humanité. Elle retourna à sa place et encore un message :

« *Nous serons bientôt là. Préparez-vous au grand voyage.* »

A peine lu, on frappa nerveusement à la porte mais on n'attendit pas qu'on invite à entrer. Son collègue Louis

Antoine, d'un an son cadet, entouré de trois agents de police.

Effectivement, ça ne pouvait pas être plus rapide ! songea Legall en repensant au message reçu il y a quelques secondes. L'un des agents, un homme de taille moyenne avec une barbe bien taillée, invita tous les élèves à sortir de la salle. Le cours était fini pour aujourd'hui. Pendant que, doucement, les étudiants sortaient, les deux autres policiers attendaient à côté de Legall et d'Antoine. En passant, Léa et Nathan regardèrent avec étonnement le calme que dégageait leur prof. Peut-être savait-t-il pourquoi ils étaient là ? Qu'importe. Comme les autres, ils devaient sortir. Après trois, quatre minutes l'assemblée fut dehors. La porte refermée, un homme grand et fin s'avança vers lui.

- Monsieur Legall, navré d'interrompre votre cours de cette manière, mais nous devions vous parler en comité restreint.
- Eh bien, je vous écoute. Je suis tout ouïe.
- Vous la connaissez n'est-ce pas ? interrogea l'inspecteur en sortant de sa poche intérieur une photo.
- Naturellement ! Une amie d'enfance !
- Comment s'appelle-t-elle ?
- Vous plaisantez inspecteur ? Vous me demandez comment elle s'appelle ? Si vous êtes ici, avec une photo d'elle c'est que vous connaissez déjà son curriculum vitae.

L'un des flics lança un regard nerveux avant que l'inspecteur reprît la parole avec une voix un peu plus grave.

- Vous avez peut-être le temps de rire professeur, ce n'est pas mon cas. Votre amie Chloé Brunet a été enlevée. La seule chose qui nous a été laissé, c'est cette lettre.

Balancée en pleine figure, Legall, le visage figé comme si l'on mettait en pause lorsqu'on met un film en pause, se raidit. Il baissa la tête vers la lettre et regarda les personnes qui l'entouraient.

- Ça n'est pas son écriture.
- Nous le savons. Mais votre nom y figure.
- Avez-vous d'autres informations ?
- J'espérais que c'est vous qui alliez me les donner.
- Cette lettre… Je… Regardez.

Legall tendit son téléphone portable.

« La vie est-elle vraiment ce que l'on croit qu'elle est ? »
« Ce n'est de loin pas une plaisanterie Professeur. Vous devez accepter que parfois l'inconscient collectif est plus réel que le fantastique. »
« Nous serons bientôt là. Préparez-vous au grand voyage. »

- A peine le dernier SMS lu, vous avez débarqué. Quelqu'un sait, quelqu'un voit ce qu'il se passe en ce moment même.

Les trois agents se regardèrent avec stupéfaction. Ils espéraient des réponses, mais là c'était plutôt un fossé plus grand qui se creusait. La lettre adressée à Joseph tenait ces mots :

« La vie est-elle vraiment ce que l'on croit qu'elle est ?

Ce n'est de loin pas une plaisanterie Mademoiselle
Brunet.
Vous devez accepter que parfois l'inconscient collectif
est plus réel que le fantastique.
Nous serons bientôt là.
Votre ami Joseph Legall se prépare au grand voyage.
Ça n'est plus qu'une question de temps.
Trouvez la lumière et la vérité sera faite. »

- Bien que cela me paraisse plus que troublant, ne tirons pas d'hypothèses trop hâtives. De là à penser que quelqu'un puisse nous voir actuellement, alors qu'il n'y a pas une caméra dans la pièce, me paraît peu probable.
- Inspecteur… ?
- Dillon, inspecteur Régis Dillon.
- Ce matin en me levant, je ne pensais pas que trois agents de police débarqueraient dans ma salle de cours pour m'annoncer que mon amie d'enfance avait été enlevée. Et encore moins que vous me suspecteriez.
- Je n'ai rien dit de tel professeur.

Legall ouvrit alors sa mallette et en sortit la lettre que lui avait reçu hier.
- Il y a ça aussi. Déposé dans ma boîte aux lettres hier.
- Intéressant. Un indice de plus.
- Si toutefois les trois indices coïncident sur la même enquête, lança l'agent ayant fait évacuer la salle.

- Ça n'en fait aucun doute ! intervint nerveusement Antoine.
- Il a raison. Les deux lettres et les SMS ont des significations communes.
- Alors ça y est ? Deux professeurs de maths s'improvisent enquêteur ?
- Désolé. Ça n'était pas l'intention.

Legall se leva sur ordre de la police. Les deux collègues furent escortés dans les couloirs de l'université.

Université qui accueillait non loin de quarante mille étudiants répartis en dix unités de recherches et de formations, telles que les sciences humaines, les sciences juridiques, l'art et les sciences économiques et de gestions pour lesquelles intervenait Legall.

Par respect ils sortirent par une porte qui donnait dans la rue même où Legall passait le soir pour regagner sa voiture. Là, deux voitures les attendaient. Parce qu'en plus des trois policiers avec eux, il y avait aussi les deux chauffeurs. Legall dans l'une, Antoine dans l'autre, les véhicules démarrèrent et se dirigèrent vers le poste de police.

3

Du haut de ses un mètre soixante-dix-neuf, la professeure en théologie, Lana Smith, donnait un cours que ses étudiants adoraient !

Qui ne serait pas intéressé par la théologie ? pensait-elle.

Située à New Haven dans le Connecticut et fondée le 9 octobre 1701, l'université de Yale était bien connue pour avoir accueilli bon nombre de présidents américains parmi lesquels : Gérald Ford, Bill Clinton ou encore George W. Bush. C'était pour Lana un privilège que de pouvoir enseigner ici. L'établissement était aussi connu pour un tout autre mystère, la société secrète des Skull and Bones. Chose à laquelle l'enseignante prêtait beaucoup moins attention. En revanche, elle qui aimait lire, elle était gâtée par l'impressionnante bibliothèque. Avec un nombre considérable d'ouvrages, dont deux Bibles de Gutenberg, quoi rêver de mieux ?

En l'occurrence, là, elle débattait sur un sujet qui créait la polémique : la théologie serait-elle le fondement de la croyance ou plutôt une sorte de science pour la foi ?

Le plus étonnant au final c'était que chacun avait son propre avis et que peu d'entre eux se réunissaient sur l'idée. Idée que même elle avait du mal à comprendre. Une cinquantaine de jeunes étudiants qui chahutaient en même temps. C'était bien la première fois qu'elle réussissait à mener une telle action. Il y avait juste un étudiant qui n'avait pas l'air intéressé par la discussion. Et ça ne serait pas la première fois. Il était bien trop occupé à admirer les yeux bleus océan, les lèvres et le sourire de sa prof.

- Peut-être que Monsieur Johns pourrait nous faire un commentaire ? interrogea Smith en coiffant ses cheveux acajou cuivré derrière son oreille.
Non ? Vous n'avez vraiment rien à dire à ce sujet ?
Vos camarades ont pourtant l'air bien plus imaginatifs.

Un fou rire général éclata. En plus de ne pas être très discret, quasiment tout le monde était au courant que Johns était « amoureux » de sa prof. Ce qui en devenait gênant pour Smith. Heureusement pour elle, la fin du cours avait sonné. Le temps de leur donner leur prochain devoir, une thèse sur le sujet de la journée, à rendre pour la semaine prochaine. Il avait donc trois jours, week-end comprit, pour le réaliser.

Pendant que la foule s'empressait de sortir, elle rangea ses affaires dans son sac à main. Un sac à main aussi grand qu'une mallette dans laquelle elle a enlever sa trousse, ses pochettes de cours et un petit carnet dans lequel elle notait l'attitude des gens qu'elle croisait dans la journée. Salle vide, lumières éteintes elle sortit de la salle pour atterrir dans un long couloir où les portes se succédaient de part et d'autre. Fin de journée pour elle également. Ça tombait bien, elle n'avait qu'une hâte, rentrer chez elle et boire un verre de martini blanc dans lequel elle ferait tremper une olive.

Son sac en main, elle avançait tranquillement dans le couloir où se croisaient professeurs et étudiants. Au passage, elle salua l'un ou l'autre de ses collègues mais un sentiment de nervosité la rongeait. Elle avait beau se retourner, personne. Du moins personne qui la suivait. Elle avait ce sentiment que quelqu'un se tenait derrière elle. Qu'on l'épiait, qu'on la suivait. Elle jetait de temps à autre un coup d'œil sur le côté, mais rien non plus. C'est notamment le fait de ne « rien » voir qui la perturbait. Sur le fait, sa nouvelle hâte n'était plus son martini, mais de regagner sa voiture quelle fermerait immédiatement à clé une fois à l'intérieur. Cependant, même une fois à l'extérieur, cette sensation était toujours présente. Pourtant, alors qu'elle arrivait non loin de sa voiture, il n'y avait ni élèves, ni confrères. Elle était bel et bien seule en face du parking. Elle accélérait le pas. Elle chercha ses clés de voiture et à peine en main y donna un léger appui pour ouvrir sa BMW série une blanche dans laquelle elle s'enferma. Elle appuya sur le bouton « Start/Stop » et le ronronnement du moteur rompit le silence. A peine sortie du parking, elle regarda nerveusement son rétroviseur intérieur. Elle poursuivit son chemin jusqu'à chez elle avec cette même pression. A chaque stop, feu rouge ou intersection elle était persuadée qu'elle était suivie. Une fois garée devant chez elle, elle se souvint que son mari ne rentrerait pas avant trois jours, étant en déplacement pour le boulot. Lana et son mari George habitaient une belle petite maison à bardage horizontal blanc crème, proche du gris, à deux étages. Pour accéder au porche, il fallait avancer sur une petite allée et monter sept marches en briques. L'intérieur était composé d'un grand séjour, une belle cuisine avec baie vitrée donnant sur le jardin à l'opposé de la route, un bureau, qu'occupait souvent son mari, pour le rez-de-chaussée en tout cas. Le premier étage comportait deux chambres, une salle de bain et un second bureau. Bureau qui s'était transformé en bibliothèque pour Lana. C'était non loin de cinq cents livres qui étaient rangés par ordre alphabétique en fonction des auteurs.

Une fois à l'intérieur, elle ferma la porte à clé et déposa ses clés de voiture sur le meuble du corridor. Elle ôta sa veste et l'accrocha sur le porte manteau à côté de ce meuble. Enfin, sans plus attendre elle allait faire ce qu'elle attendait depuis un petit moment maintenant, se servir un verre de martini. La pression était redescendue. La chose à laquelle elle ne s'attendait pas, c'était de trouver une lettre posée sur la table de la cuisine. Elle n'y était pas lorsqu'elle avait quitté la maison ce matin. La seule personne qui avait le double des clés était son mari.

« Mademoiselle Smith,
Combien de personnes défendent des causes perdues ?
Combien d'Hommes sont tombés pour avoir voulu crier des vérités ?
J'en connais une particulièrement intéressante et qui, pour une professeure comme vous, pourrait ouvrir bien des portes.
Je vous donne rendez-vous demain à 10 heures dans un lieu que vous affectionnerez : 2ème étage de la librairie Albertine.
Pour que Lumière et Vérité soit faites. »

L'écriture ne lui était pas familière et pourtant elle se sentait en confiance et intéressée. Deux mots retenaient d'avantage son attention « Lumière et Vérité ». Il s'agissait là de la devise de l'université. Était-ce un collègue qui lui proposait un rendez-vous ?

Et puis, il était difficile de refuser une entrevue dans un endroit inondé de livres. Elle regarda sa montre avant d'appeler une collègue.

- Karen ? C'est Lana. Oui enfin ça tu t'en doutes puisque ça s'affiche sur ton téléphone quand je t'appelle. Je ne t'embêterai pas longtemps...
- Lana ? Tout va bien ? Tu as l'air nerveuse...
- Pourrais-tu prendre ma matinée de cours demain ? Mon père a été emmené d'urgence à l'hôpital et...
- Oh non...
- Malheureusement si... Et...
- Ne t'inquiète pas Lana, je prendrais ta place demain matin et informerai qui doit l'être. Reste à ses côtés. C'est important.
- Merci beaucoup Karen, tu es un amour.

Première étape réussie, se dit Lana. Il ne restait plus qu'à attendre demain pour faire une heure trente à deux heures de route jusqu'à Manhattan. Ça n'était pas la porte à côté, mais depuis le temps qu'elle voulait visiter cette librairie. Il faut dire qu'elle avait de quoi surprendre.

Au second étage justement se trouvait un plafond peint à la main, représentant la voûte céleste. Une voûte qui mélangent les planètes avec les signes du zodiaque. Une image où l'instruction et l'émotion ne font plus qu'un. En plus d'avoir une impressionnante fresque, la librairie contenait également une considérable collection d'ouvrages français.

A tellement s'imaginer y être déjà, elle ne remarquait pas l'heure qui passait. Vingt heures douze. Le temps de se faire à manger et d'aller se coucher. Il faut dire que la fin de journée fût riche en émotions. Entre la sensation d'être suivie, de trouver une lettre des plus mystérieuses chez soi et de se dire que demain elle irait dans un lieu qu'elle avait toujours voulu visiter, une bonne nuit de sommeil n'était pas de refus.

Les yeux grands ouverts elle regardait le plafond. Elle tournait la tête de temps à autre vers la droite où son radio réveil n'indiquait qu'à peine cinq à six minutes entre chaque coup d'œil. Elle était à la fois impatiente et nerveuse. Qui est-ce ? Quelle vérité ?

Après avoir peu dormit, elle s'habilla après avoir pris une douche. Le jour se levait à peine. Elle enfila un débardeur, un petit pull blanc par-dessus et un jeans. Elle descendit les escaliers à toute vitesse et s'empressa d'aller dans la cuisine. Elle alluma sur le bouton On de la machine à café, prit une tasse et une capsule, puis appuya sur un autre bouton pour faire couler le café. Sa montre indiquait déjà sept heures trente-huit. Elle courut se brosser les dents et quitta la maison.

A l'extérieur le quartier était bien calme. Seuls les parents qui emmenaient leurs enfants à l'école marchaient par-ci par-là.

4

New Haven est une belle petite ville portuaire au sud-centre du Connecticut. Sur la rive nord du détroit de Long Island. A ne pas confondre avec Long Island où se trouve la triste et célèbre ville d'Amityville dans le comté du Suffolk. New Haven était le coup de cœur de Lana. Cette métropole possédait plusieurs bibliothèques réunissant environ douze millions de documents, comprenant des livres rares et même des manuscrits.

A peine garée elle s'empressa de sortir de sa BMW pour traverser les deux trois rues qui la séparaient encore de la librairie. Ça y était ! Elle venait d'arriver. Encore quatre marches et elle serait à l'intérieur. De chaque côté, une bâche blanche rectangulaire sur laquelle était imprimé un soleil. Juste en dessous on y voyait le nom de la bibliothèque avec encore en dessous les horaires d'ouvertures.

Elle monta alors ses marches et ouvrit la porte. Elle qui attendait ça depuis quelques années, et bien ça y était. C'était arrivé. Sans en oublier qu'il lui restait trois minutes avant l'heure de rendez-vous. Mais pas de panique. Le deuxième étage était maintenant à portée de main. Elle gravit les marches de l'escalier deux par deux jusqu'à arriver à destination. C'était encore plus beau en vrai. En face d'elle, une longue rangée d'étagères recouvertes de livres. A sa droite, à sa gauche et même de part et d'autre de l'escalier, c'était pareil. Et cette peinture au plafond ! Un réel chef d'œuvre. Ce qui faisait office de garde-corps était aussi un espace de rangement pour les livres. Un paradis sur Terre pour Lana. Autour d'elle deux hommes et une femme scrutaient les rayons. Mais aucun d'eux n'avaient prêté attention à sa venue.

- Je savais que cet endroit serait parfait pour notre rencontre, lança une voix grave brisant le silence.

Lana se retourna rapidement afin de mettre enfin un visage sur la personne qui avait laissé cette lettre.

- Je...
- Ne vous inquiétez pas Madame Smith. Je ne vous veux aucun mal. Bien au contraire.
- Comment avez-vous...
- La lettre ? Oh bien votre mari m'a expliqué où se trouvaient les clés que vous cachez si un jour l'un de vous perdait les siennes.
- Vous connaissez mon mari ?
- Disons que nous avons déjà travaillé ensemble. Et il savait que ce dont j'avais à vous parler était bien important.
- Pourquoi ne m'a-t-il rien dit alors ?
- Madame Smith. Si vous êtes là, j'en conclue que c'est de votre plein gré. Si vous pensiez qu'il y avait un quelconque danger, pourquoi être venue ?

Lana regardait cet homme de haut en bas. La quarantaine, pas plus. Un mètre quatre-vingts au moins, cheveux noirs mi long coiffés en arrières et une paire de lunettes aux verres ovales.

- Et quel est donc ce mystère ? Ce pour quoi vous souhaitiez me voir ?
- Je me permets de m'excuser avant de vous en dire plus. Je ne me suis même présenté. Hayden Davis.

- Inutile que je me présente. Vous me connaissez déjà j'ai l'impression.

L'homme leva sa tête, Lana en fît de même.

- Elle est belle n'est-ce pas ?
- Vous ne m'avez tout de même pas fait venir ici juste pour admirer cette peinture, bien qu'elle soit vraiment réalisée à la perfection.
- Il n'y a rien qui vous choque ?
- Je vous demande pardon ?
- Il n'y a rien qui vous choque ?
- Qu'est-ce qui devrait me choquer, lança sèchement Smith.
- La bonne question serait peut-être : que voyez-vous ?
- C'est une plaisanterie là ?
- Je suis très sérieux Madame Smith. Que voyez-vous ?
- La voûte céleste.
- Mais encore ?
- Les signes du zodiaque et leurs symboles qui encerclent les planètes de notre système solaire.
- Les planètes représentées par leur propre symbole.
- Effectivement. Et chaque planète positionnée sur un cercle décrivant ainsi la distance de chacune par rapport au soleil qui se trouve au centre.
- Vous n'avez pas l'impression qu'il manque quelque chose ?

Lana avait beau regarder avec intérêt le plafond, elle ne voyait rien qui la choquait, ni rien qui manquait. Le soleil au centre, les planètes puis enfin les signes du zodiaque.

- C'est peut-être parce que je n'ai pas parlé de la réplique d'une statue de Michelangelo à l'entrée de la librairie ?
- Faux. Il s'agit de cette peinture. Il en manque une.
- Il en manque une ?
- Planète. Très beau tableau, mais… il manque une planète.
- J'y vois la Terre, Mars, Mercure, Jupiter, Venus, Saturne, Uranus et Neptune… C'est bon ! Je l'ai !
- Et donc… ?
- Pluton. Il manque Pluton !
- Exact ! Dans ce cas il en manque deux !
- Deux ?
- Pluton effectivement, mais il manque la dixième planète.
- Notre système solaire n'en comporte neuf ! répondit nerveusement Smith.
- Ça, c'est ce qu'on nous fait croire. Je pensais qu'une professeure en théologie serait un peu plus ouverte d'esprit.
- Où voulez-vous en venir monsieur Davis ?
- Avez-vous déjà entendu parlée de Nibiru ?
- La fameuse Planète X.
- Autrement dit, la dixième planète. Son nom viendrait de la création mésopotamienne. Les premiers à en avoir entendu parler étaient les sumériens. D'après ce qu'ils nous ont laissés cette planète passe à proximité de la Terre tous les 3600 ans.
- Pure théorie.

- 2012. Souvenez-vous. Éruptions volcaniques, tremblements de terre, raz-de-marée. Avouez tout de même que c'est fascinant.
- Je vous l'ai dit, pure théorie.
- Jugez par vous-même.

Hayden Davis sortit de la poche intérieur droite de son smoking une photo qu'il remit à Lana. Celle-ci resta bouche bée. Elle en avait déjà vu en photo, mais là…

5

Joseph Legall et son collègue Louis Antoine venaient
d'arriver au poste de police. Chacun fut emmené dans
une salle différente. Dans l'une l'inspecteur Pauline
Leclerc, dans l'autre l'inspecteur qui avait interrompu le
cours de Legall.
Elle n'est pas si mal, se dit le professeur. Et ça tombait
bien, car c'était elle qui devait l'interroger. Ses cheveux
longs couvraient ses épaules et ses lunettes aux verres
rectangulaires ne mettaient pas en avant ses yeux d'un
bleu perçant. Mais ce qui le surprenait le plus, c'était ce
piercing aux bas de la lèvre droite.
*C'est autorisé ça maintenant pour la police ? Y a du
progrès*, se dit-il.
Elle le conduisit alors dans une pièce à peine plus grande
qu'une salle d'attente chez le médecin.

- Je vous en prie, asseyez-vous. Inspecteur Leclerc,
  lança la grande brune d'un ton sûr d'elle.
- Joseph Legall.
- Je sais qui vous êtes.
- Simple politesse.
- Bien, restons polis, mais ne perdons pas de temps
  si vous le voulez bien. Chloé Brunet, quand
  l'avez -vous vu pour la dernière fois ?
- C'était… mardi soir. Nous sommes allez manger
  et… chanter…
- Et c'était où ?
- Au café Rive Droite, dans le 1ᵉʳ.
- Je connais effectivement. Un endroit que
  j'affectionne également. Et comment vous
  paraissait-elle ?

- Normale. Comme toujours.
- Aucun signe d'anxiété ? Aucun malaise ?
- Aucun. On se connaît depuis des années. Je
  l'aurais remarqué.
- Vous savez professeur Legall, parfois, on ne
  remarque même pas ce qui nous est présenté là,
  sous nos yeux.
- A part cette lettre. Y avait-il des traces
  d'effractions ? Du sang ?
- Rassurez-vous monsieur Legall, rien ne nous fait
  penser qu'elle a été blessée.

Dans la pièce un peu plus loin, Louis Antoine subissait le
même interrogatoire. A quelques exceptions près…
- Donc vous me dîtes que monsieur Legall parlait
  souvent de madame Brunet lors de vos pauses
  déjeuner ?
- Tout à fait. Il affectionne beaucoup cette femme.
  Ils se connaissent depuis des années.
- Ont-ils une liaison ? Ou en avaient-ils eu une ?
- Alors ça… je…
- Répondez, s'il vous plait.
- Je ne sais pas.
- Vous avez l'air de douter pourtant.
- Je…
- Ah moins que ça ne soit vous qui ayez une
  relation avec elle ?
- Comment osez-vous… ?
- Restez assis monsieur Antoine ! lança sèchement
  l'inspecteur. Désolé de vous froisser, mais nous
  sommes dans une enquête particulièrement
  complexe et nous ne pouvons écarter aucune

piste. Je pense qu'un professeur de votre rang peut le comprendre.

- Je vous demande pardon. Je… Je n'ai aucune relation avec cette femme, répondit énergiquement le suspect.
- Et que pouvez-vous me dire de plus sur monsieur Legall et sur madame Brunet ? Toute information est la bienvenue. Nous n'avons pas de temps à perdre.

L'homme marchait lentement dans les allées du parc. Tellement lentement que même les personnes âgées qu'y s'y promenaient pouvaient le dépasser dans leur marche. Situé dans le 6ème arrondissement de Paris, le jardin du Luxembourg était aussi bien un lieu de détente que de fascination. Avec ses statues, celle avec le cerf le cou majestueusement dressé vers le haut, protégeant ainsi la biche et le faon, juste en dessous de lui, le lion fièrement édifié. Et puis cette fontaine… appelée Fontaine de l'Observatoire, ou encore Fontaine des Quatre Parties du Monde, représentant quatre femmes, l'une incarnant l'Afrique, la seconde l'Asie, la troisième l'Amérique et la quatrième l'Europe. Toutes quatre portant ainsi le monde dans leurs mains. Le plus envoûtant était leur position. Ensemble, elles mimaient la rotation du globe terrestre sur lui-même. La Terre elle-même entouré d'une « cage » sur laquelle on pouvait y voir les signes du zodiaque. Tout cela sans parler des huit chevaux et des tortues en bas de cette fontaine. L'homme d'une trentaine d'années, bien que nerveux, ne pouvait qu'admirer ce chef d'œuvre qu'il qualifiait de « Phénomène architectural ».

Les manches de sa veste en jeans relevé, il continuait d'avancer doucement dans le jardin. Il se retournait fréquemment. Il n'arrêtait pas de regarder à droite, à gauche. Quelque chose le dérangeait. Il était tout sauf à l'aise. Il observait les gens. Ceux qui se promenaient entre amis, en famille. Les personnes seules. Celles qui étaient assises sur les chaises près du bassin juste en face du Palais. Il regarda sa montre. Ce n'est pas encore l'heure. Il devait attendre. Il devait attendre et rester discret. Bien que sa façon de se comporter ne le fut peut-être pas tant que ça.

- Très bien. Je vous remercie monsieur Legall. Toutefois vous comprendrez que je vous demande de ne pas quitter la région au cas où j'aurais besoin de vous recontacter.
- Si je peux être utile, je ne demande que ça ! Mais s'il vous plait. Retrouvez-la.
- Nous ferons tout ce que nous pouvons.

Un peu déboussolé, Legall ressortit enfin du poste de police dans lequel il avait passé plus d'une heure trente d'interrogatoire. Son amie d'enfance avait été enlevée. Qui pourrait lui vouloir du mal ? Elle qui était tellement frêle. Toujours carré dans ce qu'elle entreprenait et réglo de toute dette. Toute cette histoire n'avait aucun sens. *Que pourrais-je faire ? L'appeler ? Ils l'ont déjà fait et ils tombent sur son répondeur directement.* Joseph Legall était désemparé.
Antoine quant à lui n'en avait pas encore fini.
L'inspecteur Leclerc entra dans la salle pour poursuivre la liste des questions.

Temime hésitait à rester là, planté sur place comme ces nombreux arbres. Ne plus bouger et attendre. Il frotta sa barbe noire. Ça le déstressait. Mais il ne pouvait s'empêcher de rester sur place. Il marchait de long en large. Il avançait dans une allée puis faisait demi-tour. Il prenait une autre voie, puis revenait encore sur ses pas. Il croisait bon nombre de personnes. C'est ça qui le dérangeait. Il était au point de rendez-vous et il attendait son rendez-vous. C'était important. Très important. Quand il aurait ce qu'il était venu chercher, alors, cela voudrait dire que tout se déroulait comme prévu. Maintenant qu'il arrivait plus ou moins à se tenir, un couple de jeune assit sur un banc le fixait. Léa et Nathan se moquaient bêtement du trou sur la jambe droite arrière du jeans de Mourad Temime. Eux aussi essayaient d'être discrets, mais il les avait remarqués. Son anxiété se transformait peu à peu en irritation. Le trentenaire avait horreur qu'on se paye sa tête. Il avait déjà traîné une peine de trois mois avec sursis à la suite d'une rixe pour le simple fait qu'un homme avait malencontreusement fait tomber son verre de bière sur lui. L'homme en question s'était retrouvé avec le nez et le bras gauche cassés.

Discret. Je dois rester discret, se répétait-il pour ne pas aller leur donner une correction. Il avança dans l'allée pour ne plus les voir et surtout, pour ne pas intervenir. Dans sa tête il les entendait encore rire. Il n'en pouvait plus. Il devait faire quelque chose. IL devait comprendre. *Je vais les briser, ils vont morfler*, se disait-il en fonçant droit vers eux. Les deux jeunes n'avaient pas l'air impressionné. Au contraire, ils rigolaient davantage quand ils le virent arriver à toute allure grimaçant comme un chien ayant la rage. Il n'était plus qu'à quelques pas. Son téléphone sonna. Il s'arrêta net. Le rendez-vous. Il l'attendait. Il devait décrocher.

- L'heure est venue jeune apprenti. Tu sais ce qu'il te reste à faire désormais. Cette nouvelle tâche ne repose que sur tes épaules. Ne nous déçois pas.

A peine raccroché, il accéléra le pas. Enfin ! Enfin sa mission était venue. C'était à son tour de montrer sa valeur et ses compétences au Grand Maître.

6

- Vous en êtes sûr ?
- Certain inspecteur. Mais je ne vois pas en quoi cela va aider à retrouver Chloé.
- Vous l'appelez par son prénom maintenant ? rétorqua Leclerc sur un ton sec.
- C'est bien son prénom non ? répondit nerveusement Antoine.
- Vous êtes un étrange spécimen. Vous répondez comme une victime coupable.
- Pas du tout ! Je m'inquiète !
- Pour quelle raison ?
- C'est une blague ?! L'amie de mon collègue a été enlevée. Et je me retrouve mêlé à cette histoire, je ne sais pourquoi.
- Bien-sûr que vous savez pourquoi, déclara Leclerc en s'avançant à toute vitesse vers lui faisant face.

Mourad se dépêcha de traverser le jardin pour y sortir rue de Médicis. Il longea la rue, puis prit à droite, rue Vaugirard. Elle traversait les 6ème et 15ème arrondissement de la capitale. Cette rue qui fut à l'origine une voie romaine qui rattachait Lutèce à Chartres. A l'entrée de la rue, sur la gauche un bistrot, sur la droite une banque. Il avançait sans réfléchir. Il savait où il était attendu. Un peu plus loin sur la droite, une école primaire. A l'intersection, il poursuivait sa route sur la rue de Vaugirard. Déterminé, il traversait la route sans même regarder si une voiture arrivait. Il était bel et bien déterminé. Il n'avait qu'une seule envie : accomplir sa

mission. Enfin il la vit ! La rue qu'il avait hâte
d'atteindre. Il regarda les plaques sur les immeubles. Le
5. Il y était. Il regarda la liste des sonnettes. Cinq noms
seulement. Il sonna au hasard.
- Bonjour ?
- Excusez-moi madame, je suis le voisin d'en-
    dessous. J'ai oublié les clés de la porte.
- Pas de soucis, je vous ouvre, répondit une petite
    voix d'une femme d'un certain âge déjà.
C'était si simple, ricana l'homme. Le bruit qui retentit
était la première étape réussie de Temime. C'était la
gâche de la porte. Il regarda derrière lui avant de
s'enfoncer dans le hall fermant rapidement la porte
derrière lui.

Louis Antoine put enfin partir. Environ quarante-cinq
minutes après Legall. Il n'avait pas l'air plus affecté que
cela par la disparition de cette jeune femme. C'était bien
ce tempérament changeant qui faisait douter la police.
Était-il aussi sincère qu'il le prétendait ? Cachait-il
quelque chose ? Ou au contraire était-il des plus honnête.

Lana continuait de regarder cette photo. Elle ne savait
que penser en voyant cette tablette d'argile. Elle avait
l'air authentique. Et pourtant quelque chose clochait.
- Alors ? Qu'en dîtes-vous ?
- Je… je ne sais pas trop quoi penser là. C'est
    captivant.
- C'est bien plus captivant que vous ne le pensez
    madame Smith.
- Que me voulez-vous ?

- Ah. On y vient. Ça tombe bien, je commençais à m'impatienter. Nous avons besoin de vous.
- Besoin de moi ? Pourquoi ?
- Ça, je vais vous l'expliquer en cours de route.
- Où comptez-vous m'emmener ? Je n'irais nul part.
- Ça n'était pas une question. Vous allez venir.
- Vous en avez l'air convaincu monsieur Davis.
- Vous n'avez pas idée à quel point. Ce n'était pas une question. Ni une invitation. J'aurais plutôt appelé ça… une affirmation !
- Inutile de hausser le ton. Vous risqueriez de déranger les quelques personnes ici présentes, s'esclaffait Smith.

Quand les trois personnes autour d'eux se retournèrent vers Smith et Davis, tous trois laissèrent apparaître une arme cachée sous leur veste ; Lana n'était clairement plus à l'aise. Elle venait de comprendre qu'elle était en danger. Les deux hommes bloquèrent les escaliers. Le piège se refermait sur elle.

Il avança vers les escaliers et descendit les marches pour accéder au sous-sol de l'immeuble. Il ouvrit une porte et accéda ainsi aux caves. Il regarda à droite et à gauche afin de trouver la porte. Mais rien. Il fît demi-tour et commença à stresser.
Ça doit être là ! Ça doit être là ! se répétait-il en faisant des allers et venues dans les caves. Il s'arrêta un instant et prit son téléphone portable. Impossible de rappeler le Grand Maître. Son numéro était masqué.

Il se souvint alors d'une chose. Il devait toquer trois fois, pause, une fois, pause, deux fois afin qu'on sache que c'était lui. Il commença alors sur la première porte :
Trois fois... une fois... deux fois...
Aucune réponse.
Porte suivante :
Trois fois... une fois... deux fois...
Aucune réponse.
La porte d'à côté :
Trois fois... une fois... deux fois...
Toujours aucune réponse.
Il en arriva à la septième porte :
Trois fois... une fois... deux fois...
Il s'apprêtait à en faire de même sur la porte d'en face lorsque celle-ci s'ouvrit. Un homme sortit sans un mot et referma la porte derrière lui. Il donna une clé à Temime et s'en alla à vive allure. Il s'empressa d'entrer et de fermer à clé. A l'intérieur, la seule lumière était celle d'une bougie posée en face de la porte. A droite, assise par terre, une jeune femme ligotée et bâillonnée qui gesticulait tentant de défaire ses liens, en vain.
J'ai réussi. Je l'ai trouvée ! se félicita Temime.
Il ne manque plus que lui. Je l'aurai lui aussi.

- Vous pensez peut-être que personne ne va remarquer quoi que ce soit ? Mon mari va...
- Vous parlez de lui ? demanda Temime lui tendant une photo sur laquelle un homme était assis sur une chaise, bâillonné, yeux bandés et ligoté.
- S'il lui arrive quoi que ce soit je vous...
- Tout va dépendre de vous madame Smith.
- Où est-il ?!

-   Quel fascinant personnage vous êtes ! N'avez-
    vous pas encore compris que c'est moi qui pose
    les questions ?

L'homme se posta derrière la professeure qui était aussi
nerveuse qu'agacée.

-   Maintenant, allons-y.

Elle sentit dans le bas du dos un objet métallique appuyée
contre elle. Mourad la tenait désormais près d'elle. Cela
éviterait qu'elle tente de s'en fuir.

7

Sans dire un mot, elle descendait lentement, marche par marche, les escaliers qui les mèneraient au premier étage, puis au rez-de-chaussée. Pendant leur descente, l'un des hommes avait pris son téléphone et y marmonnait quelque chose dont elle n'avait pu comprendre les mots. Une fois en dehors de la librairie, une berline noire s'avança. Il invita poliment, mais armé, la jeune femme à monter.

- Je vous en prie, attachez-vous. Question de sécurité.
- Vous êtes en train de m'enlever et vous parlez de sécurité ?! gronda nerveusement Smith.
- Comme je vous l'ai dit, si vous coopérez, rien ne vous sera fait. Ni à votre mari d'ailleurs.
- Et… et en quoi exactement je pourrais vous aider ?
- Avez-vous déjà entendu parler des Anunnaki ?
- Vous n'êtes pas sérieux là ?
- Pourquoi croyez-vous que je vous ai montré cette tablette d'argile ? La dernière et la seule qui nous manque afin de rétablir la vérité.
- Toute cette histoire n'est que fantasme. Aucune preuve ne prouve leur…
- Madame Smith, je sais que vous-même êtes très avenante sur la question. Vous n'avez pas été choisie au hasard. Que pouvez-vous me raconter sur eux ? Sur nous ?
- Rien de plus que ce qu'on peut lire dans les livres.

- Ne me prenez pas pour un imbécile. Vous en savez bien plus que vous ne le faîte croire. Alors, je vous écoute…
- Que voulez-vous savoir ? se moqua Smith.
- Tout. Absolument tout ce qui nous permettra de traduire cette tablette.
- Je ne suis pas spécialiste des langues anciennes. Le sumérien n'est pas de mon ressort. Désolée.
- Ça, je le sais. La personne concernée nous rejoindra plus tard.

Alors que leur discussion se poursuivait, la voiture était déjà à quelques kilomètres de son point de départ. Après une bonne demi-heure de débat, Temime finit enfin par obtenir des aveux.

- Vous parliez tout à l'heure de cette planète X. Nibiru. Si l'histoire est vraie, alors cette planète entrerait dans notre système solaire tous les 3600 ans. Cette planète était peuplée par les Anunnaki. On a d'ailleurs remarqué dans plusieurs pays du monde une trace éventuelle de leur passage…
- Développez !
- En Amérique Centrale par exemple. Les Mayas. Comment pouvaient-ils graver, sculpter, des hommes en combinaison tels des astronautes ? Ou encore des vaisseaux spatiaux ? Ils ont gravé des hommes à la tête allongée.
- Intéressant. Mais encore ?
- En Égypte. Tous les dieux égyptiens sont représentés avec une tête allongée. Le Dieu Râ. Dieu du soleil. Centre de tous les intérêts. Et puis il y a les sumériens. La première et donc la plus ancienne des civilisations. Sur chacune des

tablettes ils ont décrit leur histoire, leur croyance et leurs Dieux, les Anunnaki. Et tout cela sur des tablettes d'argiles en écriture cunéiforme. Aujourd'hui le sumérien est une langue morte.
- De mieux en mieux ! Votre récit me plait beaucoup !
- Et je n'ai pas fini avec eux.
- Faites-moi rêver. Je vous en prie.
- Les sumériens, qui habitaient dans l'Irak actuel, ont inventé l'écriture certes, mais également la roue, l'agriculture, la hiérarchie, l'astrologie et le calendrier lunaire. Ils ont bâti de gigantesques cités. Ils ont divisé le temps en secondes et en minutes. On leur doit tout ! Mais il y a un mais…
- Oui… ?
- Certains pensent qu'ils n'ont pas inventé cela tout seul. Pire encore. Que l'humain n'est que manipulation génétique.
- Réalisée par les Anunnaki.
- En quelque sorte, oui…
- Une chose me fascine tout de même. Si effectivement les sumériens ont créé l'écriture, l'agriculture, l'école, … Pourquoi ne nous l'apprend-on pas à l'école comme Histoire du monde, berceau de la civilisation ? Comme on parle de Christophe Colomb, les guerres de 1914-1918 et 1939-1945.
- Très bonne remarque, lança Davis douteux. C'est peut-être bien là le problème. Si on nous apprenait ça à l'école, cela voudrait dire qu'une grosse partie du reste de l'Histoire serait infondée.

Marchant dans les rues de Paris, Legall ne comprenait toujours rien à cette histoire. Entre les lettres, les messages. Qui était derrière toute cette machinerie ? *Pour que Lumière et Vérité soit faites.* Lumière ? Vérité ? Mais de quoi ? Pour qui et de qui ? Tout ça n'avait aucun sens.

Mais bien-sûr ! se réjouit Legall.

Lumière et Vérité, ou dans sa forme originale Lux & Veritas. La devise de l'université de Yale aux États-Unis ! Mais qu'est-ce que cela pouvait avoir en lien avec Chloé ?! Elle n'avait jamais été là-bas.

Un rapprochemant avait pu être fait, mais sans aucun rapport. Il fût rapidement coupé dans son élan par un nouveau SMS des plus déconcertant :

« *Nous espérons que vous avez compris notre message. Votre amie vous attend. Naturellement, inutile de retourner voir la police. Ça serait une perte de temps pour vous… et pour Mademoiselle Brunet qui en payerait les conséquences.* »

A cet instant précis, il comprît que rien n'était près de s'arranger. Il descendait les escaliers au-dessus desquels on pouvait voir, comme un peu partout dans la ville, le panneau indiquant l'entrée de la bouche du métro. Il empruntait deux ou trois couloirs avant d'arriver à la station Ségur. Prochaine rame dans trois minutes douze. Le temps pour le professeur de trente-sept ans d'essayer d'apaiser ses esprits. Avec le bruit environnant, c'était loin d'être facile. Il était dix-sept heures passé et le quai était bondé. Au point même que l'on ne voyait que le haut des affiches publicitaires qui bordaient les murs. Il n'avait plus qu'une envie : rentrer chez lui et se servir un verre de whisky avant de s'affaler dans le canapé. Les portes du véhicule s'ouvrirent. D'un coup de pression, il sentait la foule derrière lui se presser pour ne pas avoir à attendre le prochain. C'est là qu'il croisa un peu plus loin son collègue. Celui-là même qui était embarqué avec lui quelques heures auparavant. Tant bien que mal, il réussit à le rejoindre en fendant la masse face à lui.

- Je crois qu'ils nous soupçonnent. Qu'on a à voir quelque chose dans toute cette histoire.
- Non Louis. Je n'y crois pas. L'inspecteur Leclerc m'a l'air bien consciente qu'on n'y est pour rien. Mais qui ? Qui pourrait lui en vouloir ?
- Ça, je n'en sais pas. C'est bien ça le problème. Mais… Ces lettres, ces messages… Ils ne savent pas encore de qui ils proviennent.
- J'espère qu'ils trouveront vite. Chaque minute qui passe, pendant lesquelles on ne peut rien faire, est un vrai calvaire. On aurait dû se voir dimanche soir… Pour un cinéma…
- La police le sait ? Tu leur as dit ?
- Non.
- Tu aurais peut-être dû. S'ils l'apprennent, ils vont penser que tu l'as volontairement oublié.
- Elle ne m'a pas demandé ce qu'il en était aujourd'hui. Plutôt depuis quand je la connais, d'où je la connais et quand… je l'ai vu pour la dernière fois.
- Je suppose que tu as laissé ta voiture au parking ?
- On ne change pas les bonnes habitudes.

- Pourquoi payer le parking alors que tu peux prendre le métro ? s'étonnait toujours Antoine lorsqu'il se rendait compte que c'était stupide.
- C'est comme le sudoku. J'aime ce qui est complexe.

Deuxième arrêt, et comme pour le précédent ils furent bousculés par les gens qui forçaient pour monter, bloquant ceux qui souhaitaient descendre.

8

Mourad regardait droit dans les yeux sa victime. Elle
était toute tremblante, les yeux qui coulaient de peur. Il
s'amusait de temps à autre de lui caresser les cheveux, il
appréciait son petit cri de crainte.

- Chut. Ne t'inquiète pas. Tout va bien se passer.
  Enfin, je l'espère pour toi surtout. Ton ami ne
  devrait plus tarder maintenant.

Elle avait beau essayer de parler, aucun mot ne sortait de
sa bouche. L'homme qui avait précédé Temime avait prit
le soin de bâillonner la jeune femme comme il se doit.

- Tes couinements sont si inoffensifs. C'est à la fois
  drôle et énervant.

Il leva sa main et la laissa descendre à pleine vitesse
heurtant la joue de Chloé Brunet.

Enfin ! L'arrêt tant attendu où ils pouvaient sortir afin
d'échapper à cet enfer sous-terrain. Antoine avait
proposé à Legall de le raccompagner. Chose qu'il accepta
sans chouiner. Dans ce type de circonstance, on se sent
plus en sécurité à deux. Ils remontèrent ainsi à toute hâte
les escaliers les menant à l'air libre. Legall n'habitait pas
loin de là.

- Et maintenant ? Que va-t-on faire ?
- Nous devons attendre Joseph. Que voudrais-tu
  faire d'autre ?
- On ne va tout de même pas attendre comme ça les
  bras croisés qu'on daigne nous donner des
  nouvelles ?! au ton de la voix Antoine comprenait
  que Joseph était bien plus atteint que ce qui
  paraissait.

- Joseph, je comprends. C'est une lourde épreuve que d'attendre… et de savoir. Mais je sais que tu es quelqu'un de fort. Tu vas affronter ce moment. Et tu n'es pas seul. Je suis là.

Les deux hommes continuaient leur marche jusqu'à s'arrêter devant un immeuble. Celui-là même où Legall habitait.

La voiture arrêtée au feu rouge, la conversation continuait même si Davis n'était pas encore rassasié d'informations.

- Et les sociétés secrètes dans tout ça ?
- Elles n'ont rien à voir dans toutes ces histoires.
- Ah bon ? En êtes-vous sûre ?
- Certaine ! Ou alors bien curieuse d'en apprendre davantage !
- C'est drôle ça. Vous avez un esprit aussi bien ouvert que renfermé. Ne voyez donc vous rien ?
- Éclairez-moi.
- Sociétés secrètes. Elles sont tout sauf secrètes ! Tout le monde en parle. Eux-mêmes font des interventions, aussi bien télévisuelles que publiques.
- Je ne vois toujours pas le rapport entre les Anunnaki et les sociétés secrètes.
- Et si leur plus grand secret était celui de cacher au monde la vérité sur la création du monde ?
- Mais ça n'a aucun sens ! s'écria Smith.
- Pas tant que ça…

Il sortit les clés de sa poche intérieure. Il regarda son ami, le salua et entre dans le hall de l'immeuble. Juste à sa

droite, les boîtes aux lettres. Un frisson le parcourut. Il ne voulait pas se retrouver avec une nouvelle lettre, une nouvelle menace. Il s'avança doucement vers les casiers métalliques puis inséra la clé.
Pas de courrier pour aujourd'hui. Juste quelques pubs.
Un léger soulagement pour Legall.

- Vous allez certainement me prendre pour un fou, si ça n'est pas déjà le cas, mais savez-vous que même les Nazis travaillaient sur un projet des plus fascinant ?
- Vous n'êtes pas fou. Vous êtes taré !! s'énerva Lana.
- N'avez-vous jamais entendu parler du projet « Die Glocke » ?
- Mais vous délirez complètement ?
- C'était le nom de code d'un projet top secret des Allemands durant la Seconde Guerre mondiale. Et savez-vous ce que c'était ?
Une machine qui aurait été une expérience de propulsion anti-gravité. Je vous laisse deviner la forme de celle-ci.
Une cloche. Une cloche qui demandait une quantité importante d'énergie.
- En plus d'être taré, vous mélangez tout ! Les Anunnaki, les sociétés secrètes et maintenant les Nazis.
- Madame Smith, Vous allez comprendre bientôt le lien entre ces trois sujets. Ils ont plus de points communs que vous ne l'imaginez ! Hitler était un fan d'ésotérisme. Certains racontent qu'en plus d'être un grand fan d'ésotérisme, il aurait eu en sa

possession d'objet volant non identifié. Oui,
madame Smith. La cloche n'était autre qu'une
sorte de copie, dont ils s'étaient inspirés.
- On nage en plein délire là !
- La Zone 51 au Nevada.
- Simple zone militaire bien gardée afin de
  concevoir toutes sortes de choses afin de défendre
  le pays !
- Ou plutôt une zone bien gardée pour attirer toute
  l'attention ici, alors que toutes les expériences se
  passent ailleurs. Toute notre histoire est fondée
  sur des mensonges. Mais nous allons mettre à jour
  la vérité. Lux & Veritas.

Lana qui écoutait d'une oreille et qui regardait par la
fenêtre eut comme un électrochoc. « Lux &Veritas ». La
devise de l'université de Yale. Mais c'était bien plus
peut-être. L'établissement abritait également des pièces
dédiées au Skull and Bones dont l'emblème représentait
un crâne et deux longs os croisés sous lesquels était
inscrit 322 : 3 + 2 + 2 = 7. C'était le chiffre clé de la
franc-maçonnerie. En tout cas, c'est ce qu'elle en avait
conclu après plusieurs séminaires et lectures en tout
genre sur le sujet. Ce chiffre 7 n'était pas si anodin : les 7
jours de la semaine, les 7 couleurs de l'arc-en-ciel, les 7
continents, les 7 mers et océans, le 7ème ciel, les 7 notes
de musique formant une gamme sans oublier les 7
chakras. Et puis le Z. Un 7 à l'endroit, un *L* à l'envers
formait la lettre Z représentant le feu venant du ciel.
Énergie essentielle et base de l'électricité. Symbolisée
par un seul et unique dieu : Zeus. En numérologie le
chiffre 7 est le symbole de l'esprit, de l'absolu et… de la

connaissance.

La connaissance, la pyramide dans laquelle l'œil qui voit tout, base, ou plutôt sommet, de toute connaissance chez les francs-maçons. Lana ne pensait pas mais il avait peut-être raison.

Legall referma la boîte et prit les escaliers. Entre le premier et second palier, un homme d'une trentaine d'années, tout en prenant le temps de dévisager le professeur, dévalait les marches. Il continua son ascension lorsqu'un coup à la tête le fit chuter.

9

Vêtu d'un smoking noir, il s'avança vers le grand portail
à côté duquel, à droite, un visiophone était installé. Il
sonna. Après quelques instants d'attente une petite voix
répondit :
- Je ne crois pas vous connaître.
- Monsieur, il est temps de prendre une décision.
  Le monde s'agite. Quelqu'un met tout en œuvre
  pour...
Le portail s'ouvrit sans un bruit. L'homme retourna dans
sa voiture et entra dans la cour. Face à lui, une colline de
terre dans laquelle était plantés des mandariniers, des
figuiers et des palmiers, au milieu un bassin d'eau. Sur la
gauche une allée prévue pour les voitures. L'homme
longea les dunes de terre pour enfin accéder au parking
arrière de la villa. Il n'avait jamais encore vu cette
maison. Elle était immense ! L'entrée était surplombée
par des pierres rouges, formant l'avant d'une barque.
C'était impressionnant. Elle devait faire trois ou quatre
mètres de haut et pas loin de deux mètres de large. De
chaque côté, deux tours rectangulaires en briques jaunes
avec, comme pour l'entrée, des briques rouges
contournant les fenêtres. Le style oriental était plus
qu'implanté. Un vrai chef-d'œuvre ! Et il y avait l'étage.
Un énorme rectangle posé sur le rez-de-chaussée, qui lui-
même était impressionnant. C'était sans parler des
palmiers et autres arbres qui entouraient le palace. Un
havre de paix. Il gara sa voiture sur la première place qui
se trouvait devant lui. Un peu plus loin sur la droite un
grand garage était implanté avec trois portes
sectionnelles. En sortant de la voiture il continua de

contempler la maison. Il gravit les marches de trois
mètres de long avant d'arriver devant la porte d'entrée.
Un autre visiophone. Il n'eut pas le temps de sonner que
la porte s'ouvrit.
-   Il vous attend, entrez je vous prie.
Une fois à l'intérieur, l'invité suivit son guide dans un
long et large couloir au milieu duquel un aquarium
cylindrique était planté au centre. C'était impressionnant.
-   Par ici je vous prie, invita d'un ton amical le
    garde du corps.
-   Au fait, je…
-   Samir Hatem. Je m'occupe de la sécurité de
    Monsieur. Vous comprendrez donc que je ne
    peux vous laissez franchir une autre porte sans
    vous fouiller.
L'homme acquiesça et se laissa faire sans broncher. De
toute façon ça n'était pas dans son intérêt. Il devait voir
Monsieur Abdennour de toute urgence.
-   S'il vous a laissé entrer, c'est qu'il vous fait
    confiance. Alors ne m'obligez pas à le décevoir.
-   Je suis là en ami. Ne vous inquiétez pas Samir.
Hatem ouvrit une grande porte en bois derrière laquelle
se trouvait un immense salon donnant vu sur la piscine
ainsi que la cour arrière, droit devant lui. Sur la droite,
une grande fenêtre et sur la gauche des meubles. Au
centre, un énorme canapé faisant un U. Il remarqua qu'en
fait ça n'est pas un canapé, mais deux canapés d'angles
disposés eu U. Et puis il y avait un fauteuil. Un fauteuil
dans lequel était assit Mohamed Abdennour. L'homme
qui lui tardait de rencontrer. Il s'approcha du vieil
homme, s'agenouilla et lui embrassa les mains.
-   Tu peux nous laisser Samir. Je te remercie.

Alors qu'il s'apprêtait à repartir il fût finalement rappelé.

- Peux-tu, s'il te plaît, nous faire apporter deux tasses de thé à la menthe ?
- Tout de suite Monsieur.

Cette fois-ci, il sortit de la pièce laissant les deux hommes en tête à tête.

- Alors mon ami, que voulais-tu me dire de si important ?
- Il faut que vous preniez une décision sinon…
- Relève-toi et assieds-toi, veux-tu. Une décision sur quoi ?
- Vous le savez… Le grand pouvoir que vous possédez…
- Ne t'inquiète pas mon ami. Je suis en sécurité ici. Et mon secret également.
- Ici ? A Bagdad, vous pensez être en sécurité ?
- Je le suis mon ami.
- Alors que dans le reste du monde, des esprits s'éveillent et veulent mettre à jour tout ce dont vous savez.
- Cette maison regorge de caméras, de systèmes anti-intrusions et j'en passe. Rien que dans ce salon sont dissimulées sept caméras. Et tout ceci relié dans une salle où trois personnes surveillent vingt-quatre heures sur vingt-quatre, sept jours sur sept. Les vitres sont renforcées. Un peu comme celles de la maison blanche.
- Vous avez l'air si sûr de vous…
- Je n'ai pas l'air. Je le suis.
- Monsieur, des regroupements de quelques pays seront bientôt là. Ils sont prêts à tout pour

annoncer la Grande Vérité au monde. Vous seul pouvez arrêter cela.

On toqua à la porte. Une femme entra après que le maître des lieux l'eut invitée à le faire. Elle s'excusa et posa sur la table, installée au centre des canapés, deux tasses et une théière bouillante d'eau chaude et de menthe. Les thés servis, la femme s'excusa à nouveau et sortit de la pièce. Les deux hommes continuèrent leur conversation en profitant de la boisson chaude.

En parallèle dans les cuisines de la villa, les trois femmes préparaient tranquillement le repas du midi. Leurs tâches étaient millimétrées. Chacune d'elle exécutait en temps et en heure son devoir. Le propriétaire aimait les choses carrées. Que tout se passe comme il fallait. Tout devait être anticipé et rien ne devait être laissé au hasard. Elles avaient entre trente-cinq et quarante-cinq ans, pleines d'énergies et de volonté à servir comme il se doit Monsieur Abdennour. Au menu aujourd'hui : Tajine au poulet accompagné de triangles aux amandes, couramment appelé Briouate. Abdennour adorait manger salé sucré. Et comme il n'appréciait guère rester des heures à table, cumuler les deux étaient un combo parfait. La plus jeune préparait les légumes, une autre préparait le poulet et la dernière s'occupait des triangles aux amandes.

Les deux hommes avançaient discrètement. Ils étaient à deux pas des cuisines. Le silencieux en place, l'un des deux entra dans la cuisine et tira sur les deux premières cuisinières. Une balle dans la tête, l'autre en plein cœur. La dernière parvint à actionner l'alarme avant de s'écrouler une balle dans la nuque. La voie était libre, mais le temps était compté. Il ne fallait pas qu'on sache qu'ils avaient réussi à entrer. Ils devaient faire vite. L'un des deux types coupa le feu. Il ne fallait pas que la maison brûle. Tout ce dont ils avaient besoin était là, quelque part. Restait à savoir où ? Ils s'empressèrent de sortir de la cuisine en toute discrétion. Devant eux, un petit corridor donnant sur trois pièces. Ils décidèrent de prendre la porte droit devant eux. Pas de fenêtre, aucun risque d'être repérés. La pièce dans laquelle ils venaient d'entrer n'était qu'un cellier.

- Attendons ici le temps que l'alarme arrête de sonner.
- Espèce d'idiot ! Si on rentre là-dedans on s'enterre vivant ! Réfléchis un peu !

Ils refermèrent la porte et prirent celle de droite. Ils étaient cette fois dans la salle à manger. La pièce était très volumineuse. Au milieu, une table rectangulaire entourée de seize chaises. Contre le mur en face il y avait un canapé avec une autre petite table. L'un des deux hommes venait de voir une caméra dans le coin gauche de la pièce. Sans réfléchir, il tira dessus.

Dans la salle de contrôle, ils savaient désormais où se trouvaient les intrus.

10

Lorsque Legall ouvrit les yeux il était assis par terre, ligoté, dans une salle sombre et humide. Il ressentait la présence d'une autre personne. Il ressentait aussi la douleur à l'arrière de sa tête, porté par le coup qu'il avait reçu quelques minutes auparavant. Le sol était recouvert de gravier. Il comprit alors où il était.

- Chloé ? Chloé c'est toi ?
- Comme c'est mignon. Le professeur s'est enfin réveillé.
- Qui êtes-vous ? Que voulez-vous ? Où est Chloé ?? s'énerva le professeur.
- Joseph… Je vais bien… Je suis ici depuis deux jours. Mais je vais bien.
- Le Grand Maître va être content de mon travail. Je vous ai réunis. Et bientôt nous partirons.
- Que voulez-vous ?! insistait Legall.
- Vous le saurez très bientôt. Ne vous en faites pas pour ça.

Le plus important pour lui, pour l'instant, c'est que Chloé aille bien. Elle était là, en face de lui. Si seulement il pouvait retirer la corde liant ses mains et qui maintenait ses bras en arrière.

Mourad Temime ricana puis sortit de la pièce. A l'intérieur on entendit la clé fermant à double tour la porte.

- Chloé, est-ce que tu sais où nous sommes ? chuchota Legall.
- Tu ne le croiras jamais… on est… on est dans ta cave.
- Quoi ?

- Je voulais venir te voir avant-hier soir. Avant que je puisse sonner quelqu'un a ouvert la porte de l'intérieur. J'en ai profité pour entrer et ensuite je me suis réveillée ici.
- Avec un mal de tête ?
- Comment le sais-tu ?
- Hier soir, je rentrai chez moi après avoir passé des heures au poste de police et…
- Quoi ?!
- Une lettre a été retrouvée chez toi. Dans cette lettre, on parlait de moi. Et comme tu avais disparue, la police est venue me chercher, ce matin, en plein cours.
- Et comment la police a pu savoir que j'ai disparu ? Moins de vingt-quatre heures et déjà ils lancent une enquête ?

Legall ne s'attendait pas à ça. Mais elle avait raison… En général on attendait vingt-quatre ou quarante-huit heures avant de lancer une telle entreprise. Cette affaire devenait de plus en plus inquiétante. Et cet homme. Où est-il passé ? Que voulait-il ? Où voulait-il les emmener ?

Les deux hommes continuaient leur progression dans la villa. Ils avaient déjà détruit trois caméras. Chacune dans des salles différentes. Et personne n'avaient encore réussi à leur mettre la main dessus.
Samir, le garde du corps d'Abdennour était dans le salon avec lui et l'invité. Pour Hatem cet homme avait quelque chose à voir dans cette intrusion.
- Il n'en est rien. Je suis ici pour protéger, non pour détruire.

- Samir ne t'en fais pas. Il faudrait cependant qu'on se mette à l'abri, sait-on jamais.

Ils sortirent alors de là en passant derrière l'un des meubles que Samir avait tirer vers lui. Cette maison était vraiment surprenante ! Un couloir y était caché. Une fois le meuble refermé, ils pouvaient avancer. A droite un escalier qui descendait, en face, un couloir se séparant en deux. Ils empruntèrent la voie de droite.

Legall restait en pleine réflexion. C'était de la folie cette histoire. Il avait beau se triturer l'esprit, il ne trouvait aucune réponse à ses questions.

- Est-ce que tu sais ce qu'il veut de nous ?
- La seule chose que je sais, c'est qu'il n'est pas seul. Avant lui il y avait un autre type.
- Et où est-il ?
- Tu crois vraiment que je peux le savoir ? Je suis coincée là depuis deux jours je te rappelle.
- Excuse-moi... ça me rend nerveux toute cette...

La porte s'ouvrit violemment et se referma aussitôt.

- Madame Brunet, professeur Legall, nous partons bientôt ! J'espère que vous n'avez rien contre l'avion.
- L'avion ? Où comptez-vous nous emmener ? interrogea le prisonnier.
- Vous le saurez bien assez tôt. D'ailleurs le départ est pour très bientôt. Quelques heures à peine.

Trois fois... une fois... deux fois... c'était eux. Ils étaient déjà là. Temime ouvrit la porte et deux hommes entrèrent.

- Le Grand Maître est vraiment fier de toi Mourad.
- Nous allons pouvoir commencer.

L'un des deux hommes qui venaient d'entrer banda les yeux de Chloé, puis de Joseph.

- Ne vous inquiétez pas, lança une voix sombre. Rien de mal ne vous sera fait si vous coopérez. Nous avons besoin de vous.
- Alors pourquoi nous retenir prisonniers ?
- Vous n'êtes pas nos prisonniers. Plutôt nos invités.
- Ligotés et yeux bandés ?
- Une fois arrivés, tout cela sera enlevé, je vous en assure.
- Et qu'attendez-vous de nous ? Peut-on enfin avoir une réponse ?!
- Mes chers amis, nous allons, grâce à votre aide, révéler au monde une grande vérité. Et mettre à jour le plus grand mensonge de l'humanité.
- De pire en pire, chuchota Legall.
- Votre savoir va nous aider. Et vous ne serez pas seul. A présent, il est temps d'y aller.

Ils furent relevés et tenus fermement pendant que Temime ouvrit la porte. Il regarda à droite, à gauche, personne. Il fit un signe pour que les autres suivent. Ils longèrent le couloir et sortirent par une porte arrière donnant sur une petite rue qui n'était que très rarement empruntée. Deux voitures étaient garées devant la sortie de l'immeuble. Ils sont chacun mis dans une voiture. Les séparer était gage de sûreté. Les voitures démarrèrent rapidement et la suite de sa mission pouvait se poursuivre.

Dans la voiture où Legall était assis, Temime se félicitait.

- Bientôt mon ami, vous allez faire de moi le plus fidèle des fidèles auprès du Grand Maître. Ce fût plus facile que ce que je ne pensais.

Lorsqu'il poussa le mur devant lui ils arrivèrent dans le cellier. Certes petit, mais pratique. Ils poursuivirent leur chemin droit devant. Abdennour n'en revenait pas. Trois corps gisants dans leur sang.
- Il faut prévenir la police.
- Monsieur, je ne suis pas sûr que ça soit une bonne idée pour l'instant. Ma priorité c'est de vous protéger.
- Nous ne pouvons laisser ces femmes ainsi...
- Ne vous inquiétez pas. Une fois les intrus trouvés nous pourrons alors faire ce qu'il faut. En attendant, fermez-la !
Surpris, Abdennour voulu rétorquer mais voyant son fidèle garde du corps le menacer d'une arme et l'invité faisant pareil, il comprit que le danger n'était plus dans le monde, mais bel et bien chez lui.
L'invité sortit son téléphone et invita les deux intrus à les rejoindre dans le grand salon.
Retrouvé dans le grand salon, Mohamed Abdennour était attaché sur son fauteuil.
- Vous avez été surprenant Khalil.
- Tout autant que vous Samir. Le rôle d'invité m'a bien plus, je dois l'avouer.

11

La voiture s'arrêta enfin. Même si Smith ne savait pas encore où elle allait atterrir, le moteur de la voiture était enfin coupé. Hayden Davis sortit du véhicule et invita la jeune femme à en faire autant. Il s'approcha d'elle et la tint fermement sans montrer qu'elle était une sorte « d'otage ». Il ne fallait pas éveiller de soupçons. Le chauffeur les suivait. Le parking contentait une cinquantaine de places environ. Lana comprit où elle était : Aérodrome de Tweed-New Heaven – CT. CT pour Connecticut.

Ils se dirigèrent vers le Hall pour se rendre à l'avion qui les attendait. Tout était programmé, orchestré au millimètre près.

- Vous n'y pensez pas quand même ?
- De ?
- De me kidnapper et de m'emmener dans un autre pays ? Vous aurez Interpol sur le dos.
- Quelle menace ! Dois-je réellement m'en inquiéter ?
- Espèce d'imbécile
- Mon père me le disait souvent quand j'étais gamin. Je lui prouve en ce moment même l'inverse.

Dans le hall une trentaine de personnes assises, l'une à côté des autres attendaient leur vol. Vol retardé pour cause d'un départ imminent par un jet privé. Lana ne pouvait se laisser faire. Elle devait agir. Elle avait beau chercher une solution, la seule idée qui lui vint fut de courir. Elle regarda autour d'elle. Devant elle, un long couloir qui conduisait au tarmac. Sur sa droite, un long banc où se succédaient des sièges, vides pour ceux-là. Derrière elle, la sortie. Davis la tenait par le bras. Elle donna un grand coup en avant pour libérer celui-ci et se retourna de toute force. Elle réussit à se libérer de son emprise. Elle fila vers la porte sous les yeux surpris des usagers. Alors qu'elle approchait du but, un homme fît face à elle. Un tas de muscle d'un mètre quatre-vingt-quinze stoppa son élan. Davis se pressa d'aller la rejoindre.

- Mon amour, ne t'inquiète pas. L'avion est sûr. C'est d'ailleurs le moyen de transport le plus sûr du monde, rassura l'homme d'un ton sarcastique et tentant d'être sincère auprès des yeux des témoins.
  Allez viens, tu vas voir ça va être un super voyage !

La menaçant discrètement avec un couteau pointé sur le côté droit de l'abdomen. Elle n'avait plus que d'autre choix que de le suivre. Même dans le bâtiment il avait prévu des hommes au cas où elle tenterait de s'échapper.

- Allez chérie, viens. Notre avion doit décoller. Il a déjà perdu assez de temps comme ça.

Ils marchèrent le pas pressé sur le tarmac en direction d'un avion où le haut du fuselage était blanc, le bas bleu, séparé par un fin trait rouge. La porte dans laquelle était dissimulé les escaliers était déjà ouverte, prête à accueillir leurs hôtes. Dans le même temps, le pilote et son co-pilote faisaient d'ores et déjà les démarches auprès de la tour de contrôle afin de pouvoir décoller dès que tout le monde est à bord.

Ça n'avait pas mis sept minutes que l'avion se préparait au décollage. La tour ayant donné son aval. Tout le monde était attaché. Doublement pour Lana Smith. Bien qu'elle ne puisse plus aller très loin désormais.

L'avion approchait tranquillement de sa destination tandis qu'à l'intérieur, Legall et Brunet commençaient à comprendre ceux pour quoi ils ont été enlevés.
- Bientôt vous allez aider l'Histoire à entrer dans la Vérité. Grâce à vous, nous allons entrer dans la Lumière. Le monde change.
- Si ce que vous dîtes est vrai, ça sera dans un ou deux ans… Puisque Nibiru entre dans notre système solaire tous les 3600 ans.
- Exact monsieur Legall. Je savais bien que vous connaissiez cette histoire mieux que vous ne le faisiez paraître.
- Pourquoi Chloé ? Elle n'y connaît rien !
- Non, c'est vrai. Mais il nous fallait bien un moyen de vous convaincre. Revenons à nos moutons si vous le voulez bien. Nous atterrissons bientôt et il faudra être efficace. On en était où déjà ?
- Qu'au temps des pharaons d'Égypte, les rois étaient représentés avec une tête allongée vers l'arrière.
- Ah oui ! Merci madame Brunet.
- On peut effectivement faire un rapprochement et un lien entre toutes les civilisations et leur histoire. Ils ont tous peint, ou représenté, dans la pierre des Êtres et des objets plus que fascinants. Ils ont notamment bâti de prodigieuses et stupéfiantes cités. Des cités pour lesquelles certaines se ressemblaient. Aujourd'hui encore, les archéologues ne sont pas d'accord entre eux

sur le comment ils ont pu construire ces pyramides et ces temples ? Par quel moyen ? Et on découvre sur ces gravures qu'ils ont été aidés par des Êtres venus d'ailleurs…

- N'est-ce pas fascinant ? se réjouit Temime.
- Ça l'est encore plus quand on sait que même les sumériens ont représenté ces Êtres avec beaucoup d'élégance et de respect. Ceux qu'on appelle les Anunnaki devaient mesurer entre trois mètres et trois mètres cinquante. Ils vivaient bien plus longtemps que les hommes.
- Jusqu'à ce qu'ils aient commencé leurs manipulations génétiques, lança à nouveau Temime.
- Oui, c'est là que tout a changé.
- Je ne comprends rien. Vous êtes complètement tarés ! Toi y compris Joseph.
- Chloé… d'après un petit nombre d'archéologues, de chercheurs et de défenseurs de la théorie ufologique, Nibiru, aujourd'hui appelée « Planète X » par la Nasa, entrerait dans notre système solaire tous les 3600 ans. C'est sur cette planète que vivraient les Anunnaki. Une planète qu'ils ont dû fuir par manque d'or…
- Par manque d'or ??! s'étonnât la femme.
- Pour garder leur planète dans un état de vie, ils avaient créé un effet de serre en propulsant des nanoparticules d'or dans leur atmosphère. Lorsqu'ils arrivèrent à court de ce métal encore plus précieux pour eux, que pour nous, ils ont dû quitter leur planète et chercher une planète où la vie était possible, mais surtout, une planète où ils

pourraient extraire de l'or en abondance. La Terre
était la planète idéale.
- Ça suffit monsieur Legall. Gardez en un peu pour
plus tard.
Alors que Mourad Temime mettait un terme à la
discutions, un message dans les haut-parleurs de l'avion :
*« Ici votre commandant de bord, je vous invite à vous
asseoir et de vous attacher. Nous allons procéder à
l'atterrissage. Nous voilà arrivés. »*

12

Assise en face de son ravisseur, elle perdait son sang-froid. Elle avait beau se dire que tout allait bien se passer pour se rassurer, ça ne servait pas à grand-chose. C'était le calme plat. Personne ne parlait. Ce qui n'aidait pas Lana à se calmer.

- Il ne vous arrivera rien. Je peux vous l'assurer. Cependant, évitez ce que vous avez fait tout à l'heure. Une fois ça passe. Il n'y aura pas de deuxième fois. Je pense que vous comprendrez.

Elle hocha la tête et tourna la tête vers le hublot.

- Nous approchons d'un évènement majeur. Cela va changer bien des vies. Et vous le savez.
- Vous parliez d'aide. Qui sera sur place ?
- Je ne pensais pas que vous alliez me poser la question.
- Ça pose un problème ?
- Au contraire. Joseph Legall. Professeur de mathématique et de sciences à l'université Sorbonne de Paris.
- De maths et de sciences ?
- C'est bien ça. Vous allez être stupéfaite de son potentiel. Tous les deux, vous allez être une bombe humaine de connaissances une fois amorcée.
- Nous verrons bien…
- Vous allez être notre Graal.
- Votre Graal ? Personne n'a encore mis la main dessus.
- En êtes-vous certaine ?
- C'est un fait !

- Eh bien, détrompez-vous. L'histoire du Graal a permis de cacher la réelle vérité. Pendant des siècles, bons nombres d'idiots s'affairèrent à vouloir mettre la main sur un objet, un calice, ou encore sur une éventuelle descendance de Jésus Christ, baladant ses Hommes de part et d'autre de la planète. A Rennes-le-Château, en France. En Ecosse, notamment auprès de la chapelle de Rosslyn, tout cela parce qu'ils pensaient avoir trouvé des indices dans des livres, des manuscrits, des peintures de Léonard de Vinci ou encore de Nicolas Poussin. Tout ce temps perdu alors qu'ils s'enfonçaient un peu plus dans le plus grand mensonge de l'univers.
- Vous remettez donc le christianisme en doute ?
- Pas seulement. Toutes les religions. Elles n'ont servi jusqu'à aujourd'hui que de prétexte à faire des guerres. Est-ce qu'un Dieu permettrait cela ?
- La théorie du complot alors ?
- Non plus. Il ne s'agit pas de complot, mais de faits. De faits réels. Ils ne nous manquent qu'une seule tablette d'argile sumérienne à trouver afin de les avoir toutes. Et ainsi donner la vraie version de la création de l'Homme sur Terre. Nous savons où elle se trouve. Ou plutôt, chez qui, elle se trouve.

Plaqués contre un mur, ils se regardèrent et se firent un signe de tête. Ils ouvrirent la porte tout en gardant leur arme en main. La pièce était vide. Ils fouillèrent le bureau du rez-de-chaussée, mais rien. Pas une seule trace de ce qu'ils cherchent. Le bruit de l'alarme s'arrêta enfin.

Le bruit en devenait agaçant. Il n'aidait pas à se concentrer. Il fallait désormais mettre la main sur cette dernière tablette. Le problème : la villa était immense. Il y avait bon nombre de pièces à explorer pour espérer trouver quelque chose. Ne serait-ce qu'un début de quelque chose avant l'arrivée de Legall et Smith. Ils tournèrent en rond dans ce bureau tels des poissons rouges dans leur bocal. Ils ne pensaient rien trouver ici. Ils sortirent de la pièce et passèrent à la suivante. Un autre bureau !

Pauvre riche ! pensa l'un des deux complices toujours en fouillant et saccageant l'endroit. Finalement, rien non plus. Ils s'apprêtaient à quitter la pièce quand le téléphone sonna. Ils eurent pour ordre de revenir dans le grand salon.

- Messieurs, ne perdez pas votre temps. Nos invités vont bientôt arriver.
- Et le Grand Maître ? Où est-il ? Ne devrait-il pas déjà être là ?
- Du Calme, du calme. Il viendra quand tout sera en notre possession. En attendant, obéissons lui. Nous ne devons pas le décevoir.
- Est-ce que quelqu'un l'a au moins déjà vu ?! On en entend parler, on bosse pour lui, mais on ne l'a jamais vu !! rétorqua l'un des investigateurs.
- Tu oses en douter ? demanda Hatem le flingue pointé sur l'homme en question.
- Je… je… jamais je ne douterai…
- Tant mieux, sinon je serai obligé de… et Hatem tira dans la poitrine de son complice. Qu'il serve d'exemple. Je n'aimerais pas répéter l'opération.

Mohamed Abdennour regardait, impuissant, la scène. Son plus fidèle ami et homme de main l'avait trahi. Sur qui pouvait-il compter désormais ? Une once de rancœur et d'amertume montait en lui. Et il ne pouvait rien faire qu'attendre.

- Et quelle est notre destination ?

Un homme d'une quarantaine d'année, petite moustache, fît son apparition.

- Tout est en place Hayden. On va pouvoir atterrir dans de bonnes conditions. Les voitures nous attendent déjà. Et nos amis ont réussi leur mission. Nous n'avons qu'à entrer, les réunir, et chercher.

L'individu se tourna vers la jeune femme.

- Toutes mes excuses. Je ne me suis même pas présenté ! Je m'appelle Matthew Anderson. C'est moi qui ai été en charge de votre venue.
- De mon enlèvement vous voulez dire ?
- Bien-sûr que non madame Smith. C'est un échange de bon procédé. Tout simplement.
- Je connais vos visages, vos noms et vous allez me dire que quand tout sera fini vous allez me relâcher comme ça ? Comme si de rien n'était ? Je ne suis pas stupide.
- Lana. Permettez-moi de vous appeler Lana. Si vous nous aidez et qu'on arrive à trouver ce qu'il nous manque, alors on pourra…
- Oui je sais. Annoncer la Ô grande Vérité !
- Exactement. Ce qui fera de nous les Hommes les plus puissants de la planète. La police ne pourra plus rien contre nous. Ni aucun Homme politique

d'ailleurs. Alors oui, vous serez bel et bien libre.
Mais avant d'en arriver là, il reste encore
beaucoup de chemin à parcourir.
- Et si on n'y parvient pas ?
- Ça n'est pas ce que vous voulez Lana. Je ne pense
pas que vouliez être la cause de la mort de votre
mari.

Lana ne dit plus un mot au son de cette phrase. Elle ne
savait plus quoi répondre. Elle était hors d'elle et d'un
autre côté elle ne pouvait absolument rien faire d'autre
qu'attendre. Attendre, mais à quel prix ?
- Je crois savoir où vous m'emmenez. C'était
logique pourtant.
- Et que dit votre intuition ?
- L'Irak. Nous allons en Irak. L'ancienne Sumer.
Là où tout aurait commencé…
- Vous voyez, laissez-vous guider par votre
intuition. Elle voit juste. Et c'est là qu'on trouvera
la dernière tablette.
- Qu'est-ce qui vous fait croire ça ? Elle pourrait
être n'importe où dans le monde.
- Juste. Mais faux. Cela fait plus d'une quinzaine
d'années qu'on la cherche. Nos efforts nous ont
emmenés jusqu'ici. Croyez-moi, c'est ici qu'on
va la trouver. C'est ici qu'on va découvrir qui
nous sommes vraiment. On va enfin pouvoir
répondre à ces questions fondamentales que
beaucoup de personnes se posent depuis la nuit
des temps : « Qui sommes-nous ? », « D'où
venons-nous ? ». Tout ceci n'est plus qu'une
question de temps.

- J'ai comme l'impression, de toute façon, qu'il n'y a pas d'autre choix. Vous en êtes déterminé. Et je suppose que ce professeur parisien a lui aussi été kidnappé ?
- On ne peut pas dire qu'il s'agisse d'un kidnapping. Comme je vous l'ai dit tout à l'heure, il s'agit d'un échange de bon procédé.

13

Cela faisait maintenant plus d'une heure qu'ils étaient réunis dans le salon à attendre. Samir perdait patience.

- De toute façon, quelle que soit l'issue de cette mésaventure, nous gagnerons. Ça n'est qu'une question de temps. Alors maintenant tu vas être gentil et tu vas me dire elle se trouve !!

Mais le vieil homme ne répondit rien, si ce n'est un sourire provocateur. Samir tourna la tête vers l'invité.

- Tu sais ce qu'il te reste à faire.

L'homme hocha la tête et, avec les deux autres sbires, reprit les recherches. Samir resta posté en face d'Abdennour, seul, prêt à le faire parler.

- Alors mon « ami », tu n'as toujours rien à me dire ?

    …

    Ne joue pas avec mes nerfs. Tu devrais me connaître. Des années à t'avoir supporté. A avoir écouter tes moindres caprices de riche.

    …

    Très bien. C'est toi qui l'auras voulu.

Hatem sorti de sa poche un petit couteau pliant dont le manche était recouvert d'inscriptions plus mystérieuses les unes que les autres. Il approcha la lame à l'arrière de l'oreille droite de son adversaire. Il descendit le couteau du haut vers le bas de l'oreille. Puis il commença à appuyer un peu plus fort et s'arrêta à la moitié du cou, laissant une entaille d'environ cinq centimètres. Il ne saignait pas beaucoup. Il savait toutefois qu'il risquait plus s'il ne parlait pas. C'est lui-même qui lui avait parlé de ce procédé de « torture » afin de pousser l'autre aux aveux. Il savait donc ce qui l'attendait.

- Alors ? Tu n'as toujours rien à me dire ?

…

Sans réponse, il posa la lame sur le bras gauche qui était attaché sur l'accoudoir en bois du fauteuil. Il fît une première entaille, puis une seconde, une troisième et une quatrième. Les quatre plaies formaient une sorte de bracelet sur son avant-bras. Et pourtant il ne bronchait toujours pas. Il gardait ce sourire provocateur. Hatem fît deux rainures de plus.

L'invité suivi de ses deux compères, décida d'entamer d'autres recherches à l'étage. Ils montaient les marches quand celui-ci reçu un appel.

- Très bien. Il est temps. Nous perdions presque patience ici.

Arrivé en haut, il annonça que ça y était. Ils avaient atterri et seraient bientôt là. On pouvait lire une sorte de soulagement sur leur visage. Mais pas de temps à perdre. Ils entrèrent dans une première pièce, à droite de l'escalier, une salle de bain. Mais rien d'intéressant. Juste à côté, une chambre. Ils l'avaient mise sans dessus dessous, rien. La pièce d'en face encore une chambre. Plus grande celle-ci. Celle de Mohamed Abdennour. Au fond, une petite armoire, d'environ un mètre de large et deux mètres de long, avait l'air d'avoir été légèrement déplacée. Ils regardèrent attentivement les marques au sol. Elle avait bel et bien été déplacée. Ils la firent tomber sur le côté.

BINGO ! s'écria l'invité. Une petite porte en bois état dissimulée derrière le meuble. Une porte au ras du sol ne mesurant pas plus de soixante centimètres de haut et quatre-vingts de large. Les trois hommes se regardèrent pour savoir qui allait passer le premier. Aucun des trois n'avaient l'air convaincu. Après quelques secondes de réflexions, l'un d'eux se lança à terre, ouvrit la porte et… elle ne s'ouvrit pas. La serrure était fermée à clé.

- Elle doit être là. Il devait la garder près de lui. Il faut tout fouiller. Il nous faut cette clé !!

Les deux tables de nuit étaient mises à terre, rien. La grande armoire fut fouillée dans tous les sens, rien. Le matelas retourné ; rien non plus. Il restait la commode qui se trouvait en face du lit sur laquelle était installée la télé. Trois grands tiroirs à sortir. Ils jetèrent tout par terre. Là encore, rien. Cela les rendait fou. L'invité était persuadé qu'elle se trouvait ici. Dans la chambre. Le vieillard ne l'aurait pas cachée ailleurs qu'ici.

- Regardez. Regardez ce que je viens de trouver ! lança l'un des hommes.

Il tenait en main une petite clé. Une clé qui pouvait parfaitement entrer dans la serrure et déverrouiller la porte.

- Où l'as-tu trouvée ?
- C'était pourtant si simple. Tu n'as jamais rien volé dans ta vie toi. Tout le monde sait que les vieux cachent leurs objets précieux sous quelque chose. En l'occurrence ici on a tout fouillé. Tout sauf le tapis sous le lit.

Effectivement, Yanis avait remarqué, en enlevant le matelas, que le tapis qui dépassait du lit et celui sous le matelas n'était pas le même. Il avait ainsi pu trouver ce qu'ils cherchaient depuis une bonne quinzaine de minutes. Effectivement, la porte ne donnait plus aucune difficulté avec la clé. Yanis passa le premier. C'était

étroit, mais faisable. Il fut suivi de l'invité. Leurs
téléphones faisaient office de lampe torche. Pour le
moment, seules des pierres les entouraient. Ils avancèrent
doucement dans ce fin couloir jusqu'arriver à un
croisement. Ils avaient deux possibilités : continuer tout
droit ou prendre à droite. Le seul souci étant que le
couloir de droite était encore plus étroit. Ils prirent la
décision de continuer droit devant. Quelques mètres à
peine et un cul de sac les firent à nouveau stopper. Un cul
de sac. Les pierres qui les entouraient étaient face à eux
maintenant. Ils n'avaient donc plus qu'une option : faire
marche arrière et tester l'autre issue. Les mouvements
étaient pénibles. Vers l'avant ça allait encore, mais c'était
beaucoup moins rapide et agréable en arrière. Ils
reculèrent donc doucement mais ils parvenaient à leur
fin. Le couloir était là. Ils resserrèrent leurs épaules vers
l'intérieur et poursuivirent leur chemin.

-   Il sait très bien ce qu'il a fait construire. Et si dans
    cette maison, il y a d'autres passages tel que
    celui-ci, on n'est pas au bout de nos surprises.
-   Ou de nos peines.

Ils arrivèrent enfin au bout. Mais encore une fois, devant
un cul de sac.

-   On n'a rien trouvé du tout finalement. Ça n'est
    qu'un leurre.
-   Je n'en suis pas si sûr, répondit Yanis.
-   Comment ça ?
-   Regardez mieux ! Avant on était face à de la
    pierre. Là, on est face à du bois !! Ça n'est peut-
    être qu'une porte, ou une armoire.

L'invité poussa avec ses mains, mais rien n'y fit. Rien ne
bougea. La seule solution qui leur vint à l'esprit fut de

ressortir et de rentrer les pieds en avant, sur le dos. Ils auraient plus de force dans les jambes qu'avec les bras. Cinq minutes plus tard, le meuble qui leur bloquait la voie était renversé. Une fois sortis de là, ils n'en revenaient pas. Ça n'était pas un meuble. Juste une planche de bois. Clouée, vissée, de l'intérieur. Il y a donc une autre entrée/sortie. Quelle était cette salle ? Elle était ronde. Les murs et le plafond étaient de la même pierre que le petit tunnel qui les avait menés jusqu'ici. Au milieu, une table. Le plateau était rond, d'un diamètre d'environ un mètre. Un pied central le maintenait à un mètre trente du sol. Sur la table était posé un bloc de verre dépoli. Les trois hommes avancèrent vers l'objet.

14

La voiture aux vitres teintées se faufilait dans les rues de
Bagdad. Une voiture qui aurait pu être celle d'un
président. A l'arrière deux femmes à chaque extrémité et
un homme au centre. Yeux bandés, mains liées. A
l'avant, côté passager, Mourad Temime, au volant,
Hayden Davis.
- Penses-tu qu'ils ont réussi à le trouver ?
- Faisons leur confiance. Je suis certain qu'ils y
  sont parvenus. Ou en tout cas, qu'ils auront réussi
  d'ici à ce qu'on arrive, répondit le chauffeur.
  …
  Et de toute manière, nous avons ce qu'il faut avec
  nous pour y parvenir.
- J'espère que tu dis vrai. Sinon…
- Tais-toi. Ne commence pas à parler tel un
  défaitiste. Pas maintenant. Pas encore. Nous
  avons les meilleurs spécialistes avec nous. Le
  Grand Maître ne les a pas choisis pour rien.
- Il me tarde de le rencontrer. Tu as raison, nous
  devons continuer de croire. La puissance de la
  vérité nous montrera la lumière qui éclairera notre
  chemin.
Quelle bande de tarés ! songea Legall en mâchouillant le
tissu qu'on lui avait fortement serré afin de le bâillonner.
Les femmes quant à elles n'avaient pas l'air plus
inquiètes que cela. Elles avaient l'air d'être sereines.
Legall continuait de morde le tissu, espérant le sortir de
sa bouche. Suffisamment en tout cas pour prendre part à
la discussion.

- Si je ne me trompe pas, au vue de la chaleur et des heures de vols, nous devons être dans une péninsule du Moyen-Orient.
- Très perspicace monsieur Legall, rétorqua Temime en se tournant vers les passagers. Mais ça madame Smith le savait déjà. Inutile de faire le brave. Et puis, nous n'avons rien à cacher.
- C'est pour ça que vous nous avez bâillonnés et bandez les yeux ? Votre crédibilité en prend un coup Monsieur le défaitiste, lança Legall d'un ton irritable.
- Silence ! Vous feriez mieux de vous concentrer. Dans une vingtaine de minutes, nous serons arrivés. Et là, ça sera à vous de jouer.
- Si j'ai bien compris, on n'est pas là pour jouer, relata Smith qui à son tour avait réussi à se libérer la bouche.
- Je crois mon cher Mourad que tu n'as pas bien bâillonné ces deux-là.
- Même les trois, répondit Chloé sur un ton moqueur.
- Eh bien, rigolez. Ça ne durera pas, s'énerva Temime.
- Inutile de t'énerver mon ami. Tu rentres dans leur jeu. Après tout le chemin que tu as accompli, cela serait dommage de décevoir le Grand Maître.
- Il n'en sera rien.

La voiture s'arrêta soudainement. Les trois passagers n'entendirent qu'une portière s'ouvrir et se refermer. Quelques minutes plus tard, la portière se rouvrit et se referma. La voiture redémarra. Ils étaient arrivés à la villa de Mohamed Abdennour.

Le verre était épais. Cela ne ressemblait pas à un cube plein. Plutôt à une sorte de couvercle. L'extérieur était très lisse. C'était presque agréable au toucher. Le seul problème qui persistait était de savoir comment soulever ce bloc. Il était comme « collé » sur la table. Ils avaient beau tenter de donner des coups, de secouer l'objet, même la table, rien n'y faisait. Il était comme soudé sur la table. L'un deux se pencha sous la table.

- La solution est peut-être là-dessous !

Les trois s'agenouillèrent devant la table et regardèrent en-dessous. Le même carré y était dessiné. Yanis avait peut-être raison après tout. Pourquoi chercher à enlever le couvercle de verre alors qu'il suffisait de retirer le socle d'en-dessous ? C'était d'une simplicité infantile ! Il se retrouva avec un morceau de bois sur lequel était étendu un parchemin. Ils se réjouirent d'y être parvenu ! Cela allait les aider à avancer. Yanis le déplia et lut à voix haute :

« Un jour la Vérité sera faite.
Le mensonge sera révélé et la Lumière éclairera le
Nouveau Monde.
Ce jour n'est pas arrivé. »

Ils comprirent qu'ils s'étaient fait avoir. Ce n'était qu'un leurre. Abdennour était plus malin qu'eux, ça ne faisait aucun doute.

- Je vais le tuer !
- Calme-toi Yanis, on va réussir. Mais avant tout, allons rejoindre les autres dans le grand salon.

Alors qu'ils s'apprêtaient à repasser par le petit passage étroit, l'un d'eux remarqua une fente plus large entre les pierres, sur une hauteur d'environ un mètre quatre-vingts sur l'un des murs. Une fente qui partait du sol. Il poussa et le mur de pierres pivota. Derrière celui-ci, un petit couloir largement moins exigu que le précédent. Ils passèrent donc par ce chemin. Le couloir n'était clairement pas long. Après une dizaine de pas, un mur face à eux. Celui qui avait trouvé le passage poussa à nouveau sur l'écran de pierres. Face à eux, les trois cuisinières gisant sur le sol. Sur les deux frigos de la villa, un seul était vrai. L'autre n'était qu'une imitation camouflant un passage. Ils regagnèrent ainsi le salon.

- Voilà la seule chose que nous ayons trouvée, lança Yanis balançant en plein visage le mot qu'il avait trouvé.
- Ah. Je vois que vous avez découvert mon petit trésor.
- Et il se moque de nous en plus !
- Que dis ce vulgaire chiffon ? interrogea Hatem.
- Absolument rien de concret.
- Oh eh bien, si, justement ! rétorqua le vieillard.
- Que dit-il ?
- Un jour la Vérité sera faite. Le mensonge sera révélé et la Lumière éclairera le Nouveau Monde. Ce jour n'est pas arrivé. Autre chose ?
- Quel dommage que vous ne jouiez pas le jeu monsieur. Vous auriez tant à y gagner.

Samir posa cette fois son couteau sur le bras droit d'Abdennour. Une première entaille. Une seconde, une troisième puis une quatrième. Celui-ci ne protestait toujours pas.

- Inutile de nous résister. Tôt ou tard nous trouverons. Inutile de vouloir prouver quoi que ce soit.
- Je ne prouve rien. Bien au contraire. Vous le savez très bien depuis le temps que vous travaillez avec moi
- POUR vous, pas AVEC vous !
- Si cela vous enchante, pourquoi pas. Toutefois, vous savez que je ne recule devant rien ni personne. Je ne cèderai jamais. Plutôt mourir !
- Pas encore, pas encore. Peut-être que cela viendra. Mais pas encore.

Il regarda l'homme dans les yeux. Il serra fermement son couteau et son visage devenait rougie. Sa main se leva et d'un coup violent sur la tête, assomma son prisonnier avant de se tourner vers ses compères.

- Bande d'imbéciles. Vous n'êtes bon à rien. Le Grand Maître saura votre échec. Quand Mourad et Hayden seront là, nous n'aurons rien. Pas une seule piste. Surveillez-le. Je vais allez faire un tour.

L'imposant ex garde du corps sortit de la pièce en claquant la porte. Il monta à l'étage et se dirigea vers la chambre qu'il occupait jusqu'à aujourd'hui. Une des plus petites pièces de la villa. Il s'occupait de la sécurité d'un richissime ancien homme d'affaire et il vivait dans une petite chambre de vingt-cinq mètres carrés. Il était temps que les choses changent. Il était déterminé, coût que coût. La mascarade n'avait que trop durée. Il prit son second pistolet et un son cran d'arrêt qui étaient déposés dans le tiroir de sa table de chevet. Mieux valait être plus armé que prévu. On ne savait pas ce qu'il pourrait se passer.

15

La voiture entra dans la cour et le portail se referma
aussitôt. Elle longea l'allée pour se retrouver à l'arrière
du terrain où se trouvait déjà une autre voiture garée.
- Vous pouvez venir. On va enfin pouvoir
  commencer.
Quelques instants après, deux hommes sortirent de la
villa. Yanis et son compère se précipitèrent vers la
voiture. Temime sortit de la voiture et salua d'une forte
poignée de main ses complices. Idem pour Davis juste
avant qu'ils n'ouvrent les portes arrières de la voiture.
Les yeux toujours bandés ils furent conduits à l'intérieur.
- C'est d'un ridicule.
- Je vous demande pardon monsieur Legall ?
- Je disais que c'est ridicule.
- Il a raison, enchaîna Smith.
- Vous nous laissez avec les yeux bandés. Mais à
  l'intérieur de là où nous allons, il vous faudra
  notre aide. Donc nous verrons où nous sommes.
- Vous êtes d'une arrogance monsieur Legall.
- Oh eh bien… ça n'est rien ça, lança Chloé avec
  un léger sourire.
Ils furent emmenés dans le salon, là où Mohamed
Abdennour avait déjà subi quelques maltraitances.
Chacun d'entre eux fut poussés sur le canapé. Une fois
assis, on leur enleva le bandeau qu'ils avaient sur les
yeux. Quand ils virent le vieil homme, ils furent choqués.
Surtout Chloé, elle n'aimait pas la vue du sang. Et là…
Voir toutes ces marques sur son corps… Les bras… les
jambes… même au visage, il avait de légères entailles.
- Ne vous inquiétez pas pour moi. Je vais bien.

- Ferme-là vieillard ! lança d'un ton autoritaire Samir tout en le soulevant du fauteuil et en le balançant à terre.
  Tu n'en as plus pour longtemps. Bientôt nous aurons ce que nous sommes venu chercher.
- Du calme mon ami, du calme.
- C'est n'est pas toi, Hayden, qui est resté ici des années à attendre que le Grand Maître se décide !
- Eh bien on dirait qu'il y a de l'eau dans le gaz par ici, lança Legall.

L'ancien garde du corps sortit de la pièce en claquant la porte. Il était hors de lui.

- Et sinon, on commence quand ? Non parce que je n'ai pas que ça faire, s'énerva Lana.
  Alors si on pouvait se magner le cul !
- Voyez-vous ça. Madame Smith qui s'agace alors qu'elle était, jusqu'ici, paniquée et angoissée, rétorqua Temime.
- Les gens changent. Vous devriez pourtant le savoir, non ?
- Ce que je sais et dont je suis certain, c'est que tous les trois, vous allez nous être d'une grande utilité.
- Oui d'ailleurs, on pourrait peut-être commencer ? s'interposa Legall.
- Il est effectivement temps de commencer. On a perdu assez de temps comme ça.
- Alors Monsieur Abdennour, vous n'avez toujours rien à dire ? lança Yanis d'une voix grave.

Une fois de plus, il ne répondit que par un sourire narquois, à la limite provocateur. Cela n'aida pas à calmer Yanis qui le gifla.

- Nous n'avons pas tous les mêmes traitements de faveur on dirait, intervint Lana.

Au lieu de vous prendre à un vieil homme, vous feriez mieux de vous retenir espèce de dégénéré !!

Smith s'énervait de plus en plus face au comportement de cet homme.

- Elle va se la fermer celle-là ! Elle se prend pour qui ?!

Il s'avança vers Smith et lorsqu'il voulut lever sa main, elle fût brutalement arrêtée par Davis.

- Espèce d'imbécile ! A quoi tu joues ? Sache qu'à l'arrivé du Grand Maître tout lui sera dit si tu continues à sortir du rang. Et tu sais à quoi t'attendre s'il l'apprend.

Joseph, que pouvez-vous nous dire sur les tablettes d'argiles sumériennes ?

- Qu'il y en a plusieurs. Certaines exposées dans des musées tel que le Louvre à Paris. D'autres en Europe et dans le reste du monde. Elles auraient été déplacées et éparpillées volontairement afin que personne ne puisse les posséder toutes. Et il y en aurait 7 qui dévoileraient la Création… Celle de le Terre et la nôtre.

- Et encore le chiffre 7, se conforta Smith.

- Le 7 est bien plus qu'un chiffre… il est également représenté par l'un des quatre éléments… L'eau. L'eau source de toute vie quelle qu'elle soit. On peut lire également dans la Bible que Dieu ordonna à Moïse de composer un chandelier en or à 7 branches qui allumeraient les 7 flammes de l'énergie éternelle, signe de l'illumination. Les 7 tablettes de la Création, on les connaît aujourd'hui sous les 7 jours de la Création. Et même encore aujourd'hui la science utilise le 7. Notamment avec le tableau périodique des éléments... Les éléments sont répartis en 7 groupes. C'était le scientifique russe Dimitri Ivanovitch Mendeleïev qui l'a mis au point.

- C'est très passionnant tout ça. Mais ne nous éloignons pas trop du sujet, lâcha Temime. Nous avons encore beaucoup de travail devant nous.

- C'est vous qui nous avez fait venir. On est vos otages et par la même occasion vos cerveaux. La moindre des choses serait de nous écouter ! s'énerva Smith.

- Ça n'a aucun sens. Tout ça n'est qu'hypothèses... s'inquiéta Chloé.

- C'est là où vous faites erreur. Écoutez-moi attentivement. Notre très cher professeur parisien a raison. Il y a bien 7 tablettes concernant la Création. Sauf que, voyez-vous, il nous manque la dernière ! Nous savons qu'elle est ici. Ce vieillard est le dernier de sa lignée à la protéger. Il est prêt à mourir pour elle, répondit Davis. Notre Grand Maître a su cependant identifier son appartenance. N'est-ce pas Monsieur Abdennour ? Ou peut-être devrais-je dire « Grand Maître ».

- C'est lui le Grand Maître ? s'empressa de s'exprimer Yanis.

- C'est en tout cas ce qu'il croit. Ou ce qu'il tente de faire croire. Des personnes sont mortes pour protéger son secret.

- Jamais vous ne la trouverez. Seuls les cœurs purs et saints pourraient y parvenir.
- C'est pourquoi ces trois jeunes gens sont ici, indiqua Temime en montrant du doigts leur trois invités.
- Dans ce cas, vous serez bien surpris. Tout le monde n'est pas ce qu'il prétend être.
- Bien-sûr ! Et vous êtes bien placé pour le savoir.

La porte du salon s'ouvrit. Le garde du corps refît son apparition. Son sourire en coin laissait présager qu'il était bien content de voir tout ce petit monde réuni. Il remonta son col et s'avança vers Temime, lui chuchotant quelques mots. Il en fît de même avec Davis, tout en observant les trois convives et son ancien employeur.

- Espèce de traitre. Ton châtiment sera ultime. Tu le sais, menaça Abdennour.
- Tes paroles n'ont absolument aucun effet sur moi. Ma lame en revanche, elle, pourrait te faire taire.

Tout le monde fixa les yeux sur Abdennour, entaillé sur les bras, le cou et les joues. Ça devait vraiment être une horreur pour lui. Il ne pouvait même pas se laver ou au moins se rincer les plaies. Le sang gouttait lentement. Davis tapa fermement dans ses mains. L'attention fut à nouveau sur lui.

- Mes chers amis, nous allons aujourd'hui rallumer la flamme de la vérité. Bon nombre de personnes tentent de préserver et de garder le secret. Aujourd'hui, après plus de dix ans de recherches et de détermination, notre but touche à sa fin. Ils entourent nos vies depuis des siècles, francs-maçons, illuminatis, la rose croix, les skull and bones et j'en passe. Ils sont les protecteurs de…

- Ah bon ? Je croyais au contraire qu'ils militaient « en secret » pour créer un Nouvel Ordre Mondial ?

16

- Une fois de plus, madame Smith, le meilleur
  moyen de cacher la vérité est d'en détourner
  l'attention par un mensonge plus grossier. Et c'est
  pari gagné ! Pendant que le monde s'affaire à
  croire cela, eux, de leur côté, peuvent continuer
  paisiblement à défendre leur savoir.
  D'ailleurs, pour en revenir à vous monsieur
  Legall, vous parliez avant du chiffre 7. Savez-
  vous que ce chiffre est dédié à la statue ?
  Les 7 rayons de sa couronne représentent les 7
  mers et 7 continents du monde.
  En-dessous de la couronne vous avez 25 fenêtres
  alignées. 2 + 5 = 7.
  Certains bataillent encore aujourd'hui pour dire
  qu'elle mesure 151 pieds. D'autres 151 pieds et 1
  pouce. 151 pieds est égal à 1812 pouces. En
  ajoutant le pouce supplémentaire, on arrive à
  1813 pouces. 1813 est divisible par 7 : 1813 / 7 =
  259. 259 → 2 + 5 + 9 = 16. 16 → 1 + 6 = 7. Si
  cela est vrai, nous avons ENCORE le chiffre 7.
  Le socle, sur chaque face il y a 4 piliers.
  4 x 4 = 16 → 1 + 6 = 7.
  Pour couronner le tout, beaucoup pensent que ses
  créateurs étaient francs-maçons. Pour l'armature
  métallique à l'intérieur de celle-ci, Gustave Eiffel
  et l'architecte lui-même : Auguste Bartholdi.
- Les 7 péchés capitaux pendant qu'on y est ? lança
  Chloé d'un ton moqueur.
- Vous pouvez en rire, vous avez raison.

Sur le moment, elle se tût. Elle ne s'attendait pas à cette réaction aussi pacifiste et, qui plus est, lui donnait raison.

- Le 7 est la base de tout. C'est lui qui nous guide depuis des années. Il a permis à beaucoup de personnes de construire le monde dans lequel nous vivons aujourd'hui. Alors gardez l'esprit ouvert, vous allez être bien surpris lorsque nous aurons réussi. Notre requête est simple. Nous avons besoin de vous pour trouver cette dernière tablette. Elle est ici. Et vous allez la trouver.

Samir lèva le vieil homme et l'attacha à nouveau sur le fauteuil. Il lui attacha les pieds, les mains, et lui passa un foulard sur les yeux. Legall tenta de se lever afin de le défendre, mais lui aussi était mains liées et donc vulnérable. Il n'était pas dur pour Temime de le pousser robustement pour qu'il retombe aussitôt.

Sur le canapé, Smith observa attentivement les faits et gestes de chacun. Peut-être pouvait elle gagner du temps. Bien qu'ils n'en eussent pas tant que cela d'après leurs ravisseurs.

- Et si vous étiez tombé dans son piège ?
- Je vous demande pardon ? rétorqua rapidement Temime, les yeux rivés encore sur Legall.
- Et si tout ceci n'était qu'une grosse mascarade ?
- Je ne vous comprends pas.
- Voilà qu'il veut se faire passer pour plus bête qu'il ne paraît.
- Quelle insolence ! Vous avez toute mon attention, répondit Davis.
- Peut-être que vous n'êtes vous-même qu'un pion sur l'échiquier. On a très bien pu vous emmener ici pendant que d'autres ont actuellement mis la

main sur cette septième tablette. Leur protecteur par exemple.
- Vous avez une grande imagination madame Smith.
- N'est-ce pas les illuminatis qui ont infiltrés les francs-maçons ?
- Elle marque un point, renforce Legall.
- D'autant plus que vous n'avez toujours pas rencontré votre grand maître, enchaîna Brunet d'un ton sarcastique.

Un ricanement retentit dans le grand salon. Mohamed Abdennour ne contenait pas sa joie d'avoir entendu ces paroles.
- On peut dire qu'ils mettent le doigt sur un sujet sensiblement compromettant.

La phrase était peine prononcée qu'il se faisait gifler violemment par Yanis. La tension montait de minutes en minutes. Davis et Temime se rendaient compte que cette théorie n'était pas à exclure. Pourquoi la théorie du complot n'irait que dans un sens après tout ?
Davis remonta une fois de plus son col de chemise. Un peu plus nerveusement cette fois-ci.
- Ou alors vous amorcez cette discussion pour nous détourner de notre objectif. On peut aller loin comme ça, vous savez ? Et puis, il y en a déjà un tas. Entre ceux qui sont persuadés que personne n'a encore marché sur la lune, que certains attentats étaient voulus, pire encore, que la Terre serait plate.
- Et c'est sans parler de ceux qui pensent qu'Hitler serait encore en vie. Tant de théories rocambolesques, finissait Temime.

- Toutefois ça restera des théories tant qu'on n'aura pas prouvé le contraire, rétorqua Smith.
C'est d'ailleurs cela qui laisse planer le doute sur chacune d'entre elles. Vous remarquez aussi que selon certaines, on y inclut des sociétés secrètes. Notamment le billet d'un dollar avec l'emblème de la pyramide qui dévoile, en son sommet, l'œil qui voit tout. Sur la base de la pyramide on peut y lire en chiffre romain
« MDCCLXXVI »
Et on peut lire ce même nombre sur le livre ouvert que tient la statue de la liberté dans ses mains. Étonnant non ?
- A ce compte-là, on peut aller loin et on n'en finirait plus.
- Ça, c'est pour vous rassurer. En y réfléchissant bien, votre grand maître, on en entend parler comme on parle de Dieu. Mais personne ne l'a jamais vu.
Samir Hatem en avait plus qu'assez. Il savait qu'il ne pouvait rien lui faire en attendant, mais une autre idée lui venait. S'approchant de Mohamed, il ressorti son couteau et posa la pointe de la lame à la verticale, sur la main droite de l'homme.
- Encore un mot de la sorte et j'enfoncerai le couteau.
Le silence était total dans la pièce. Smith serrait ses dents, tandis que Legall tentait de la calmer avec son regard. Il fallait qu'elle se rende à l'évidence. Ils n'étaient absolument pas en position de force. Elle comptait bien y remédier, mais pour le moment, ça

n'était pas la peine d'insister. Au risque que d'autres ne soient mutilés.

Davis s'avança vers Legall d'un pas déterminé, un sourire en coin, une arme dans la main droite.

- Levez-vous. On va faire une petite balade.

17

Joseph ne broncha pas et obéit à son ravisseur. Debout face à lui, il l'invita à se retourner vers la porte. L'arme collé dans son dos, il avança. Chloé et Lana restèrent assises sans un mot. Il ouvrit la porte et tous deux sortirent du salon.

-   On va peut-être se tutoyer maintenant, non ? Ça sera plus amical.
-   Je ne vois rien d'amical par ici.
-   Allez, avance !

Ils longèrent le couloir à droite du salon. Sur leur gauche une porte, devant eux une autre, la porte d'entrée. Mais inutile de tenter quoi que ce soit. Un homme armé d'une mitraillette était posté devant. Ils avaient l'air bien plus nombreux qu'il n'y paraissait.

-   Il y a le même dehors. Il y a un garde à l'intérieur et à l'extérieur de chaque porte donnant une vue sur une quelconque évasion. Je te déconseille de faire le héros.

Ils se dirigèrent donc vers la porte sur leur gauche. Elle était sous les escaliers. Ce qui voulait probablement dire que cette porte menait au sous-sol. C'était ce que craignait Legall. Encore une cave. Et ses soupçons se confirmèrent en quelques secondes. La porte ouverte donnait sur des escaliers qui descendaient.

-   Les invités d'abord !

Legall appuya sur l'interrupteur. Une lumière éclaira les marches de béton et la rampe en fer forgée.

-   Allez, on avance. On ne traine pas. Les Anunnaki nous attendent.
-   Et après ? Qu'allez-vous faire ?

- Allons, allons, Joseph, on a dit qu'on pouvait se tutoyer maintenant.
- Et après ? Qu'allez-vous faire ? insista Legall.
- Après ? Je dirais plutôt « Vivons le moment présent ». Je comprends que tu t'inquiètes. Mais il ne faut pas. Si on obtient ce que l'on veut, vous serez, chacun de vous, ramenés à la maison. Mais en attendant, nous espérons beaucoup de vous.
- Peut-être que tu ne devrais pas.
- Tu as déjà confirmé beaucoup de chose avec tes connaissances. Et puis, que tu le veuilles ou non, tu n'as pas vraiment le choix. Ce que Samir a fait à ce très cher Mohamed, il pourrait l'appliquer à Chloé. Et je ne pense pas que ce soit vraiment ce que tu veuilles.

Après avoir descendu l'escalier en forme de U, ils tombèrent sur un long couloir au plafond voûté. De longues poutres longeaient le couloir. Entre elles, des briques. C'était beau. Legall aimait cette vue. De chaque côté des portes. Sur la droite, trois portes, sur la gauche, quatre.

- On n'a pas toute la journée, on y va !

Ils s'avancèrent vers la première porte, à gauche. Ils firent face à une porte en tôle noire. Legall descendit la poignée, la porte s'ouvrit.

Trop simple, pensait-il.

Il actionna l'interrupteur et l'ampoule du plafond laissa découvrir une pièce vide d'environ trois mètres sur quatre. Rien de vraiment bien concret.

- Suivante !

Anderson s'approcha de Lana, lui aussi une arme à la main.
- C'est à votre tour très chère. Un petit tour du propriétaire comme cadeau.

Bien que, fort peu convaincue, elle se leva et, comme Legall, obéit à ce qu'on lui demanda. Dans le couloir elle vit elle aussi le garde posté devant la porte d'entrée. Elle le vit de très près car avec Matthew ils montèrent à l'étage. Lana marchait doucement. Elle voulait garder une certaine résistance face à eux. Peut-être pourrait-elle tenter quelque chose si elle se retrouvait seule avec lui. Arrivés à l'étage, ils tombèrent sur un couloir en L. C'était en tout cas la première vue qu'ils eurent sur le moment. Anderson poussa délicatement l'arme à feu dans le dos de la jeune femme pour la faire avancer.
- Inutile de trainer. Ça a commencé. Et vous serez la clé de l'avenir.

La première porte qu'ils ouvrirent était celle qui donnait sur la chambre de Samir. Anderson demanda gentiment à Smith de fouiller et de chercher le moindre indice qui pourrait les aider.

Après un tour de tête à trois cents soixante, elle ne vit rien de bien intéressant et le fît comprendre à Anderson. Mais ce dernier n'était pas convaincu et lui demanda de chercher un peu plus que cela. Elle fouilla alors l'armoire qui se trouvait sur la gauche de la chambre.
- Si vraiment la tablette était ici, vous croyez vraiment qu'elle serait cachée dans une armoire ? C'est d'un ridicule !
- Il ne me semble pas vous avoir demandez votre avis. Alors faites ce que vous avez à faire.

- A part des habits, il n'y a rien. Voyez par vous-même !

Lana balança tous les vêtements sur le lit qui était juste à côté. Pantalons, chemises, t-shirts, slips, chaussettes, ceintures, et même chaussures.

- Vous voyez ? Rien !
- Je n'ai toujours pas demandé votre avis madame Smith.

Après quelques minutes de fouilles, Anderson se rend à l'évidence : ils ne trouvèrent rien ici.

- C'est bon. On change de pièce.

A côté, une deuxième chambre. Une fois de plus Lana jeta vêtements et objets sur le lit, mais toujours rien.

En face, une salle de bain. Rien de concret non plus. Ce qui n'étonna pas vraiment Smith.

Alors qu'ils poursuivaient leur chemin et repassant par le couloir, Anderson remarqua une trappe au plafond.

- Et là-haut ? Un bon endroit pour cacher quelque chose qu'on ne voudrait pas qu'on atteigne.
- Ou un bon leurre. Faire croire que ça peut-être là-haut pour éloigner les voleurs.
- Très bien. C'est vous la professionnelle. Continuons d'abord à cet étage. Mais si on ne trouve rien, on ira à l'étage supérieur.
- C'est vous le patron !

Ils entrèrent dans une nouvelle pièce. Un petit bureau au centre et des étagères pleines de classeurs et de paperasses recouvraient les murs. Elle s'empressa d'aller fouiller. Factures, banques, assurances, papiers notariaux, mais rien de concret sur ce qu'ils cherchaient. Même des comptes rendus de tribunaux. A croire qu'Abdennour

n'était pas aussi « clean » qu'il ne le laissait paraître.
Blanchiment d'argent pour la plupart des procès.

Dans le salon, Chloé restait silencieuse. Yousra Elriani
s'assit à côté d'elle.
- N'ayez pas peur. Je suis certain que tout va bien
  se passer.
  D'ailleurs, vous connaissez bien Louis Antoine ?
- Pourquoi cette question ? balbutia Chloé.
- Parce qu'il sera bientôt avec nous.
- Lui aussi vous l'avez enlevé ?!
- C'est un peu plus complexe que cela.
- C'est à dire ?
- Vous comprendrez bien assez tôt, ne vous en
  faites pas.
  Je vous invite à me suivre à présent.
Elriani se leva et Brunet en fit autant. Il n'avait pas l'air
armé. Elle se rassit aussitôt.
- J'ai soif.
- Eh bien peut-être que cela coupera votre soif.
L'homme sorti un couteau de sa poche gauche et montra
qu'il avait une arme à feu caché sous son t-shirt.
Elle ravala sa fierté et se leva à nouveau.
Dans le couloir, ils se dirigèrent vers la gauche
contrairement à Smith et Legall qui étaient partis à droite.
Un peu plus loin, une première porte sur la droite était
ouverte. Une salle vide d'environ deux mètres sur deux.
A quoi pouvait-elle servir ? Qu'importe, Yousra la
poussa pour la faire avancer. Moins de trois mètres après,
une autre porte. Elle l'ouvrit et tomba sur une salle bien
plus grande. Aussi spacieuse que le salon. Une salle à
manger pouvant accueillir une trentaine de convives. Un

lustre surplombait la pièce. Une sorte de coquelicot inversé. C'était aussi impressionnant que fantastique. Le plateau de la table était en bois massif d'une épaisseur d'environ quatre ou cinq centimètres, les pieds en fer forgé. Elle aussi était très impressionnante. Les chaises étaient dans le même style. Au fond de la pièce, un living à quatre portes. Les deux meubles aux extrémités étaient en verre. Chloé fut sous le charme de la pièce.
Mais ça ne dura pas longtemps.

- On ne va rien trouver ici ! Allez, on sort de là !
- Attendez ! Qu'est-ce qui vous fait croire ça ?
- N'essayez pas de m'amadouer. Je ne suis peut-être pas le meilleur, mais cacher un objet d'une telle valeur dans un endroit où il peut y avoir je ne sais combien d'invité, c'est tout sauf le cacher.
- Le meilleur moyen de cacher quelque chose, c'est de vous le laisser sous le nez...
- Oui, bien-sûr. C'est bien, tu essayes de m'embobiner, mais ça ne marche pas.

Il pointa l'arme vers la jeune femme.

- Si à trois on n'est pas sortis de la salle à manger, je tire une balle dans ta jambe. J'hésite encore pour savoir laquelle.
- Vous ne feriez quand même pas ça... ?
- 1...

...

2...

...

Prise de panique, elle sortit de la pièce avant même qu'il n'aye jusqu'à 3.

- Je savais que tu étais raisonnable.
- Je ne suis pas suicidaire surtout !

Ils empruntèrent alors la porte d'en face qui les conduisit dans une petite cuisine.

Elle regarda partout autour d'elle. Peut-être que dans l'un de ces tiroirs, elle pourrait trouver quelque chose qui pourrait l'aider à s'enfuir. Un couteau planté dans le ventre de son ravisseur et ensuite elle pourrait libérer ses liens qui l'empêchaient de bouger ses mains comme elle le souhaitait. Mais lui avait une arme à feu. Avant même qu'elle ne puisse s'avancer vers lui, il aurait déjà tiré.

18

Ils eurent beau fouiller partout, retourner les affaires pour trouver la moindre trace, rien. Même pas un petit indice permettant de mettre la main dessus. Cela faisait déjà quelques heures qu'ils étaient là, mais toujours rien. Cela en devenait presque frustrant. L'inspecteur Leclerc ordonna à ses hommes de continuer à chercher pendant qu'elle redescendait les trois étages. Une fois dehors du bâtiment, elle s'alluma une cigarette. Il était temps. Elle en avait besoin. C'est ce qu'elle croyait du moins. Comme tous les fumeurs. Elle regarda tout autour d'elle, réfléchissant à l'endroit où il pouvait se trouver. Il lui avait pourtant donner pour ordre de rester dans le secteur et de ne pas quitter la région. Ce qui l'étonnait le plus, c'est qu'il serait parti sans affaires. Ce qui réduisait le champ de recherche.

Après avoir fumé sa clope, elle remonta dans l'appartement de Legall, espérant que ses hommes auraient trouvé quelque chose. Pourtant toujours rien. Elle prit alors la décision d'aller voir les voisins des étages supérieurs. Ça ne devrait pas être long puisqu'il n'y avait qu'une porte par palier. Elle commença donc au dernier étage. Elle sonna. Elle toqua. Personne. Elle descendit au sixième et procéda de même. Un jeune collégien, brosse à dents à la bouche, ouvrit la porte.

- Bonjour jeune homme, est-ce que tes parents sont là ?
- Mamaaaan, y a une dame qui veut te parler.

Quelques instants plus tard, à part qu'elle était en retard pour emmener son fils à l'école, Leclerc n'avait pas appris grand-chose. A l'étage d'en-dessous, à nouveau personne. Au quatrième, une dame d'une quarantaine d'année lui ouvrit. C'était la femme de ménage des propriétaires. Malheureusement, elle ne put l'aider plus que ça. Elle se rendit donc au deuxième étage. Une petite dame, d'un certain âge déjà, lui ouvrit la porte.

L'inspecteur se présenta et la vieille dame l'invita à entrer.

- Installez-vous je vous en prie. Plutôt thé ou café ?
- Merci pour votre hospitalité madame. Café s'il vous plait.

Pendant que la dame préparait avec beaucoup d'attention le café, Leclerc commença son interrogatoire.

- Et donc vous me dîtes que vous connaissez bien Monsieur Legall ?
- Bien-sûr ! Joseph est vraiment un brave type. Il sait les jours où je fais mes courses et, vu mon âge, je peux être sûre qu'il est en bas de l'immeuble à m'attendre pour m'aider à monter mes affaires. Mais…

Il a des problèmes avec la justice ? Qu'est-ce qu'il a donc fait ?

- Ne vous inquiétez pas. Rien de bien méchant, tenta de la rassurer l'inspectrice.

Nous voulons juste savoir où il se trouve pour… une question d'héritage…, tenta-t-elle.

- Attendez, attendez… Il y a quelques jours de cela un homme avait sonné parce qu'il avait, à priori oublié ses clés. Alors oui, je lui ai ouvert la porte. Mais n'ayant reconnu la voix je suis discrètement sortie sur le palier et…

Votre café.

- Merci madame. Et donc cet homme… ?

- Il s'est précipité vers les caves.

Leclerc se leva en précipitation. Elle avala son café chaud d'un coup sec et remercia la dame juste avant de sortir comme une furie. Elle regagna l'appartement de Legall et ordonna à ses hommes de la suivre.

Dans le salon, le seul otage restant était Abdennour. Temime ne le lâchait pas des yeux, bien qu'il eût l'air moins sévère dans son regard.

- Jamais vous ne trouverez ce que vous cherchez. Mon grand-père et mon père sont morts pour avoir voulu protéger cet artefact. Je subirai le même sort s'il le faut. Mais jamais je ne trahirai ma famille.
- Allons, allons Mohammed. Personne ne parle de vous tuer. Alors oui, votre ancien garde du corps est allé un peu loin, mais… il n'est pas question de tuer qui que ce soit tant que vous coopérez.
- Vous pouvez encore sauver votre peau et votre conscience. Ne gâchez pas votre vie pour des blasphèmes.
- C'est la troisième fois en une heure trente que vous tentez de m'amadouer. Vous ne pensez pas que ça ne sert à rien ?
- Après tout, qui ne tente rien n'a rien.
- C'est précisément pour cela qu'on ne lâchera rien. On trouvera ce que l'on cherche. Et la Vérité sera annoncée.

Les hommes se précipitèrent vers les portes et les enfoncèrent. Quelques instants après Leclerc et ses hommes étaient face à un homme attaché, ligoté et bâillonné, Leclerc lui enleva le foulard de la poche.

- Monsieur Antoine. Comment… ?

Qu'on appelle une ambulance !

Ses hommes le relevèrent et le détachèrent. Ils l'aidèrent ensuite à sortir de là.

19

A l'extérieur du bâtiment, une ambulance attendait son patient. Bien qu'il ne parut pas si affaibli que cela, Leclerc préférait qu'il soit vu par un médecin. Assis sur le brancard à l'arrière de la camionnette, Leclerc restait abasourdie par cette découverte.

- Comment vous êtes-vous retrouvez là ?
- Je… Je n'en ai pas la moindre idée.
- Vous devez quand même vous souvenir de quelque chose, non ?
- J'ai voulu rendre visite à Joseph. Il m'a ouvert, j'ai monté les escaliers et… plus rien, je ne me souviens de rien si ce n'est m'être réveillé dans l'état dans lequel vous m'avez trouvé.
- Et Legall ?
- …

Je… Je ne sais pas. Comme je vous l'ai dit, je me suis réveillé ici, dans l'état dans lequel vous m'avez trouvé. Je n'en sais rien de plus.

Leclerc était intriguée par toute cette histoire. Cela n'avait aucun sens. Sauf si… Sauf si Legall n'était pas parti de son plein gré. L'aurait-on forcé ? Cette question commençait à germer dans la tête de l'inspectrice.

Après quelques inspections, le service médical confirma que tout allait bien pour lui. L'enquêtrice hocha la tête et demanda à l'un de ses hommes de le conduire au poste.

- Vous êtes la dernière personne à avoir voulu voir notre victime. On aura quelques questions supplémentaires à vous poser. Et ensuite vous pourrez rentrer chez vous.

Après la troisième sonnerie, Davis se décida enfin à décrocher.

- Tout se passe comme le Grand Maître l'avait prévu. D'ici quelques heures, nous aurons accompli notre destinée.
- Et vous alors ?
- Bientôt, je serai bientôt avec vous.

Davis rangea son portable et incita Legall à poursuivre ses recherches dans la quatrième salle.

- Cette tablette peut se trouver n'importe où !
- Elle se trouve ici vous dis-je.
- Ou chez les Incas, les Mayas, au Pérou, en Égypte, au Mexique ou même en Inde. Dans chacun de ces pays, il reste des traces d'éventuelles civilisations extraterrestres. Chez les Mayas, on a retrouvé des gravures représentant un homme vénérant une sorte d'extraterrestre. Cet Être est plus grand que l'humain et sa tête allongée vers l'arrière. Un peu comme celles des pharaons égyptiens.
  En Égypte, au temple de Séthi, on retrouve des hiéroglyphes représentant des aéronefs, des vaisseaux pouvant voler. Tout se mélange et pourtant tout est lié. Mais ça ne veut pas dire pour autant qu'on va trouver ici ce que vous cherchez.
- C'est marrant ça. Sur un des sceaux sumériens, on voit très clairement sur la gauche, des hommes, comme vous et moi, sur la droite, un siège sur lequel est assis un roi. Sauf que… Si se roi se levait, il mesurerait trois fois la taille d'un humain. Un peu comme chez les Mayas. Ce qui prouve qu'ils étaient là et qu'ils sont revenus.

- Ou qu'ils ne sont jamais partis ?
- C'est une autre hypothèse. Mais vous avez peut-être raison professeur. La religion est un mythe. Pour preuve, même au Moyen-Âge des peintures, telles que celle de Samuel Apiarus, appelée « Parchemin de Bâle », représentant un lever et un coucher de soleil autour duquel de nombreux disques noirs entourent la boule de feu.
- Ça ne prouve rien.
- Il y a eu la peinture de Hans Glaser, connue sous le nom de « Phénomènes Célestes » qui aurait eu lieu le 4 avril 1561, représentant des ovnis ressemblant à des disques, des cigares ou encore à des boomerangs. Notre monde est cerné d'indices confirmant toutes ces thèses. Mais on préfère cacher tout cela aux gens pour éviter une émeute mondiale.
  Professeur Legall, imaginez que demain la vérité soit annoncée. Que les seuls et uniques Dieux soient des Êtres venus d'ailleurs ?
- Alors que voulez-vous à faire ? Créer une émeute mondiale ?
- Absolument pas ! Bien au contraire. Nous annoncerons ce qui doit être annoncé. Petit à petit. Phase après phase.
- Vous êtes vraiment cinglé !

- Ce qui est jubilatoire c'est que, bientôt, le Grand Maître nous aura rejoints. Et plus aucun de vous ne fera les malin.

Yousra montrait sa détermination à Chloé. Il ne montrait en rien un quelconque signe d'inquiétude quant à l'avancée de leur projet. Tout cela serait bientôt récompensé. Il en était convaincu.

La salle qu'elle était en train de fouiller était une buanderie.

Comme si on allait cacher quelque chose d'aussi précieux dans un local où on est en mouvement sans arrêt. C'est complètement stupide ! se dit la jeune femme.

- Je n'ai pas compris. Tu as dit quelque chose ?

  ...

  Ça y est ! Tu refais ta timide ?!
- Comment voulez-vous que je sois sereine si vous pointez votre arme sans arrêt sur moi ?

L'homme s'approcha d'elle et la prit par le bras. Un peu plus et ils se touchaient le front.

- Écoute-moi bien ma grande. On n'est pas là pour jouer ! Alors fais ce qu'on te demande et point barre ! C'est compris ?!

Elle n'osa broncher. Un clignement des yeux suffisait au ravisseur pour comprendre qu'elle était à nouveau en « panique » et plus en confiance. Il reprenait la main.

L'appartement était clair, spacieux et rassurant. Soixante mètres carrés pour vivre bien. Dans le salon, l'homme ferma la valise en cuir noir dans laquelle il venait de déposer quelques documents. Il se dirigea vers la terrasse de son appartement. Elle avait une vue dégagée sur la Tour Eiffel. Le soleil brillait. C'était un jour agréable. Demain sera un nouveau jour encore plus beau, encore plus grand. Il sortit son paquet de cigarettes de la poche droite du jeans, en prit une et l'alluma. Il savoura la première bouffée, puis la deuxième avant de sortir son téléphone. Dans son répertoire, il sélectionna « X ». Une première sonnerie… une seconde… une troisième… Il raccrocha et rappela aussitôt. Une sonnerie… une seconde…

- Enfin. J'espère que tout se passe tel que nous l'avions imaginé.
- Absolument… Je… Je vous confirme que tout… tout se passe comme vous l'aviez dit Grand Maître. Vous avez su voir l'avenir…
- Inutile de passer de la pommade. C'est très désagréable. Et ça ne sert à rien. Soit vous êtes bon, soit vous n'êtes rien.

Puis le silence. L'homme raccrocha instantanément. Il écrasa sa cigarette sur le cendrier posé sur une petite table en fer forgé puis passa la porte fenêtre qui l'emmena directement au salon. Il sortit de la salle et se trouva dans un couloir qui desservait les autres pièces du logement. Il se rendit alors dans la cuisine. Il ouvrit une porte de placard accroché au mur et sortit un verre et la bouteille qui était posée à côté. C'était son pêché mignon. Un bon whisky. Généralement, il en buvait lors de grandes occasions. Mais son élan fût interrompu par la sonnette. Il regarda sa montre, dix heures vingt-neuf. Il n'était pas habitué à avoir de la visite. Il s'avança vers le palier. Devant la porte, il observa à travers le judas. Un visage familier. Il n'hésita pas à ouvrir. La porte à peine ouverte, l'homme tomba à terre, un rond de couleur rouge se forma entre ses deux yeux et doucement coulait. Il venait d'être abattu par la personne qui venait de lui rendre visite.

20

Assise devant son bureau, l'inspecteur Leclerc tentait de comprendre ce qui avait bien pu se passer entre le moment où Legall est parti du poste et celui où il s'est fait enlever. Et par qui ? Malheureusement pour elle, les indices manquaient.

Elle regarda alors un cadre posé sur son bureau. Sur la photo on pouvait y voir son mari et son fils. Elle le prit en main et passa ses doigts sur le visage de son petit bonhomme. Comme une sorte de caresse. Mais plus pour se réconforter elle. Elle reposa l'objet à sa place puis pivota sur sa chaise roulante. Elle avait une vue sur l'extérieur. Elle aimait, quand elle avait besoin de se concentrer, regarder ce qu'il se passait dehors. Parfois un chien, une voiture, un rien pouvait la faire tiquer sur un élément qu'elle aurait peut-être oublié.

Il était quatorze heures dix-sept. Pour l'instant, à par une voiture qui vient de passer et le facteur, pas grand-chose d'intéressant.

- Inspecteur ? On a peut-être quelque chose ! annonça son collègue ouvrant la porte sans toquer.
- Vous parlez de quelle affaire déjà ?
- Je vous laisse deviner.

Leclerc se leva et le suivit. Elle traversa les couloirs du commissariat et entra dans la salle de réunion.

Legall, toujours pointé par l'arme de son ravisseur, continuait ses recherches. La salle dans laquelle ils se trouvaient actuellement n'était qu'une cave à vin. De part et d'autre de la pièce, des étagères de quatre étages pleins de bouteilles. Au fond, un petit coffre-fort. Davis s'imaginait déjà avoir trouvé son trésor. Il ordonna Legall de l'ouvrir. Le souci, il ne connaît absolument pas le code. Et ce coffre avait une particularité.

- Si ce que dit le message est vrai, et qu'on force le coffre, vous y perdez son contenu.
- Et que dit ce message ? s'énerva Davis.
- « Une seule personne peut ouvrir cette porte. Si ça n'est pas vous, le feu consumera votre insolence. »
- Alors que faire ?
- Vous allez trouver le moyen de l'ouvrir ! Avec le code !
- Vous plaisantez ?

Davis s'approcha nerveusement de Legall.

- Est-ce que j'ai l'air de plaisanter là ?!

Legall regarda tout autour de lui. A part des bouteilles et des étagères en bois, rien. Le professeur se redressa et se tourna. Un regard vers la gauche, vers la droite. Une chose qui paraissait dérisoire attira son attention. Il s'avança vers l'étagère sur sa droite. Le chiffre 4 et en-dessous une flèche ←. Il suivait la direction de la flèche. Un peu plus loin une flèche allant vers le haut et le chiffre 8. Il leva la tête et observa au plafond une flèche qui l'emmena sur l'étagère opposée. Là, une flèche vers le bas surmontée d'un 2. Au pieds de celle-ci une flèche allant vers la gauche et la lettre A.

Le code serait donc 482A.

- Perspicace !
- Ça me paraît trop facile.
- Essayez !! Tout de suite !

Nerveux, Legall retourna près du coffre. Il se pencha et appuya dans l'ordre les chiffre 4 – 8 – 2 et la lettre A. Un léger « clic » retentit et la porte s'ouvrit.

- Vous voyez ? Vous avez réussi ! Maintenant poussez-vous de là !

Legall s'écarta et laissa sa place à Davis. Celui-ci entra sa main dans le coffre et en ressortit une sorte de tissu épais. Une sorte de parchemin plié en quatre. Une fois déplié on pouvait y lire ceci :

« Un jour la Vérité sera faite.
Le mensonge sera révélé et la Lumière éclairera le
Nouveau Monde.
Ce jour n'est pas arrivé. »

- Vous voyez ? Je vous l'avais dit ! C'était trop facile ! Cependant... ça prouve une chose quand même...
- Ah oui ?! Et laquelle ?!! s'énerva d'avantage Davis.
- Quelqu'un cherche à cacher quelque chose qui doit avoir beaucoup de valeur.
- On n'est pas là pour rien ! Ne faites pas l'idiot professeur !
- Je me disais quand même avant ça que vous étiez complètement cinglé. Mais au vu des dires du propriétaire de cette maison, et de ma consœur, je crois bien cette fois-cion a quelque chose à trouver ici.
- Seriez-vous convaincu ?
- Je crois bien... même si ça en devient inquiétant.
- Pourquoi inquiétant ? Au contraire.

- Mettez-vous un peu à ma place. Ou encore à celle de Chloé ou de madame Smith. On vous enlève gentiment et on vous dit que si vous n'aidez pas vos ravisseurs, on se chargera de vous.
- Vous avez été choisis parmi bon nombre de candidats. Seul deux personnes ont retenu l'attention du Grand Maître.

Legall restait perplexe quant aux intentions de ces individus. Mais que pouvait-il faire pour le moment si ce n'est obéir ?

Trois autres inspecteurs étaient déjà assis, attendant Leclerc et leur supérieur. L'inspecteur Citzen, l'inspecteur Nemy et Pascual.
- Manque le chef c'est ça ?
- Bingo ! répondit Pascual.
- Et pourquoi il nous réunit cette fois ?
- Citzen aurait mis la main sur un sujet sensible.
- Concernant ?
- L'un de nous.
- Ah oui. Il est à nouveau en phase de fabulation ?
- En quelque sorte, répondit froidement Citzen.

Leclerc allait répondre, mais leur supérieur entra dans la salle. Avec ses un mètre soixante-quatorze, l'homme à moustache referma la porte derrière lui et scruta d'un air hautain les personnes occupant les lieux.
- Bien. Qui est en charge de l'affaire Bazin ?
- Moi monsieur, répondit quasi immédiatement Nemy.
- Du nouveau ?
- Ça avance.

- J'ai demandé s'il y a du nouveau. Pas si ça avance.
- Non monsieur…
- L'affaire du braquage sur les champs ?
- Une perquisition aura lieu demain matin, répondit sereinement Citzen.
- L'affaire Legall/Antoine ?
- Toujours rien. Legall n'a toujours pas donné signe de vie.
- Mon problème n'est pas de savoir s'il est en vie ou non. Mais où il est en ce moment même !
- Très bien monsieur. Je vais…
- Vous n'allez nulle part pour le moment. Citzen va travailler avec vous.
- Très bien monsieur.

21

Smith commençait à en avoir plus qu'assez. A fouiller tous les classeurs, tous les dossiers que contenait le bureau. Elle n'avait qu'une idée en tête, les balancer sur Anderson, lui prendre son arme et partir. Mais elle était loin d'avoir le dessus. Il était constamment face à elle. Il ne la lâchait pas du regard. Lana s'assit au bureau et s'amusa à se balancer.

- A quoi jouez-vous ?
- Je ne joue pas. Je fais une pause.
- On n'a pas le temps pour ça !

Lana se redressa, tout en restant assise, prit les quelques papiers et classeurs posés sur le bureau et le jeta à terre.

- Oh zut ! J'ai pas fait exprès.

L'homme serra son poing et ses dents. Il sortit son téléphone portable et le porta à son oreille après avoir choisi l'un de ses contacts.

- Passe-le-moi.

Bonjour monsieur Smith. Ou peut-être bonsoir ? Sur haut-parleur, Lana n'entendait que des murmures. Il n'arrivait pas à parler. Il était certainement bâillonné.

- Chéri… Chéri c'est toi ??

Mais Anderson raccrocha avant qu'il ne puisse murmurer quoi que ce soit.

- Maintenant madame Smith, je vous demanderais de vous remettre au travail !
- Espèce de…

Il attrapa Smith par l'épaule et serra légèrement.

- Je vous demanderais d'être aussi courtoise que je le suis envers vous. On ne se sait jamais ce qu'il peut arriver.

Après la cave à vin, ils entrèrent dans une nouvelle pièce du sous-sol. Elle devait mesurer non loin de sept mètres sur sept. Elle était vide. Davis voulut faire demi-tour mais Legall, au contraire, pensait que c'était ici qu'il fallait chercher. Le sol était recouvert de dalles en pierre carrées d'environ soixante-dix centimètres de côté.

- Regardez autour de vous. Le moindre symbole, le moindre indice. Même si ça peut vous paraître ridicule, dites-moi ce que vous trouverez.

Les deux hommes investirent donc la pièce. Legall regardait le sol tandis que Davis regardait le mur droit. A quatre pattes, le professeur de trente-sept ans scrutait minutieusement le moindre petit détail. Hayden avait l'air moins performant. Sûrement parce qu'il se préoccupait plus de surveiller son otage. Sur les deux premières rangées de dalles, rien. Arrivé à mi-parcours, sur le côté droit de la pièce, Legall se rapprochait du centre et, enfin, un indice.

- Je crois que j'ai quelque chose.
- Et qu'est-ce que vous avez ?
- Voyez par vous-même.

Davis se baissa à côté de Joseph. Au sol, un triangle équilatéral. En son centre un œil. Le sommet pointait le mur en face de la porte d'entrée.

- Vous voyez, là je pense qu'on a réellement quelque chose.
- Ça ne reste qu'une dalle gravée.
- Mais pas une gravure de n'importe quel symbole.
- Oui, je connais l'histoire. La pyramide avec l'œil qui voit tout : figure de connaissances.
- Exactement ! Et là, on cherche à faire quoi ?

- A trouver cette dernière tablette ! Où voulez-vous en venir ?
- Effectivement je comprends mieux pourquoi vous avez fait appel, si on peut appelez ça comme ça, à des personnes qui ont un minimum de logique. Si votre hypothèse est juste, cette septième tablette apportera la connaissance. Emblème figurant ici-même. Cette pièce mesure sept mètres de côté et ces dalles soixante-dix centimètres. Le chiffre 7 est beaucoup présent ici. Encore un chiffre qui coïncide avec l'insigne qu'on y voit sur le carreau.
- Je vois… Pour vous, c'est ici qu'on va trouver notre objet.
- Je n'ai pas dit que c'était ici-même. Mais en tout cas on pourrait y trouver quelque chose…
- Alors ne perdez pas de temps à parler et continuez à chercher.

Legall posa ses mains sur la gravure. Elle était réalisée à la perfection. Il se releva et demanda à Davis d'éclairer le mur face à eux. Ça ne pouvait que leur sauter aux yeux. Sur le mur un triangle à l'endroit, un autre à l'envers. Tous deux superposés.

- Et là ?
- C'est un peu plus complexe.
- Comment ça un peu plus complexe ?
- Plusieurs théories se chevauchent sur cette même gravure.
- Je suis tout ouïe !
- Certains disent que le triangle à l'endroit serait l'emblème du masculin. Celui à l'envers, marque du féminin.

115

- J'ai déjà entendu cette histoire quelque part…
- Mais ça n'a aucun sens. On symbolise le feu par un triangle et l'eau par un triangle renversé. Les deux forment ainsi une union sacrée. Ça marche aussi avec la Terre, triangle retourné et laissant passer une droite à un tiers de son sommet, et l'air superposé par un triangle droit, lui aussi laissant passer une droite à un tiers de son sommet.
- Et donc ?
- Et donc vous avez aussi là les quatre éléments fondamentaux : l'air, l'eau, la terre et le feu.
- Très intéressant ! Tout cela forme un pentagramme. Et les lettres ?

Legall se concentrait alors sur ce qu'il n'avait pas voulu voir jusque-là car il n'avait encore aucune réponse à donner. A l'extrémité de chaque angle, une lettre.

- Alors ? Une idée ?
- Aucune. Je n'en ai aucune !
- En êtes-vous sûr professeur ?

- Six lettres. Vous en connaissez beaucoup des mots en six lettres avec un B, deux I, un R, un U et un N ?
- Les voyelles d'un côté, les consonnes de l'autre.
- Bonne observation ! Sauf si les I ne sont pas des lettres, mais des chiffres romains. Et donc I devient 1.
- Vous parliez du feu avant. B – U – R – N. Autrement dit : brûler !
- Effectivement, ça se tient !
- Mais ?
- Il n'y a pas de mais. Ça se tient. Sauf que…
- Sauf que… ?

La porte refermée il s'avança vers le corps.
Ça n'était pas une si mauvaise idée que ça finalement. Que quelqu'un se fasse passer pour moi m'a sauvé la vie aujourd'hui ! se disait fièrement l'assassin.
Il posa son arme dans la main du défunt. L'idée d'un suicide sauterait aux yeux. Il retira les gants noirs qu'il avait mis quelques minutes avant de sonner, puis se dirigea vers la table où était posée la valise.
On ne trahit jamais l'ordre. Tu étais prévenu dès lors de ton initiation. Tu as parlé, nous avons répondu, pensait le meurtrier en admirant l'objet sur la table.
Chouette appart ! Quel gâchis !
Il prit la valise en main puis sortit de l'appartement. La porte bien refermée derrière lui, il commença à descendre tranquillement les marches. Un vieil escalier en bois des immeubles parisiens. La main droite sur la main courante il laissait glisser son sentiment de bien-être. Il était enfin prêt à partir pour rejoindre les autres. Dans le hall il

croisa le concierge qui le salua. Une fois à l'extérieur il longea la rue puis sortit son téléphone. Un important coup de fil à passer.

- Tout est désormais réalisé ici à Paris. Il ne me reste plus qu'à vous rejoindre.
- Bien content de l'entendre dire ! Toutes les confréries son déjà réunies.
- Et vous avez avancé sur les recherches ?
- Eh bien tu verras ça quand tu arriveras !
- Et comment va mon cher collègue ?
- Le professeur Legall va bien. Il sera d'ailleurs surpris de voir le professeur Antoine débarquer !
- Il comprendra sans doute que l'enlèvement de Chloé et les lettres étaient mon idée.
- Où est le problème ? Tu as réussi ta mission puisqu'ils sont avec nous. Le Grand Maître en sera ravi.

Les deux hommes restaient collés face au mur et cherchaient la signification de ce symbole. Pourquoi un pentagramme ? Que signifiaient ces lettres ?

- Attendez ! Les Sumériens ne représentaient-ils pas leurs cieux et les quatre directions ?
- Comment ça ?
- Non, rien. Je crois que je m'égard. Trop de choses se mélangent dans ma tête.
- Et ce truc au milieu ? Qu'est-ce qu'il signifie ?
- Vous n'avez jamais vu de croix ?
  …
  Attendez… ça n'est pas une croix. C'est un X.
- Développez.

- Regardez attentivement…

- Si on commence par la lettre N… I… B… I… R… U…
- Nibiru ! La dixième planète !
- Aussi appelée la planète X.
- Vous êtes un géni professeur ! s'exclama Davis.
- Je ne suis rien du tout. Et là nous n'avons décelé qu'un deuxième indice qui nous ne nous mène pas bien loin.
- On sait en revanche que quelque chose est bien caché, là, quelque part…
- Certes. Mais ça ne nous avance pas plus.
- Que doit-on chercher maintenant ?

22

Lana continuait de chercher dans toutes les paperasses si elle pouvait trouver quelque chose d'intéressant. Mais rien. Ça devait faire des heures déjà qu'elle cherchait. Elle n'en pouvait plus. Elle était sur le point d'exploser. Elle regardait sans cesse son ravisseur droit dans les yeux. Comme une défiance qui le mettait quelque peu mal à l'aise. Cela faisait longtemps qu'une femme ne l'avait pas regardé comme ça. C'était à la limite d'être déstabilisant.

- Eh bien quoi ? Qu'est-ce que t'as à me regarder ?! lança agressivement Smith.
- Quelque chose me dit que vous avez un côté sauvage, madame Smith.
- Je te permets pas de me parler comme ça ! Pour qui tu te prends ?! enchaîna la jeune femme en balançant une pile de classeurs à terre.

Il poussa avec ses pieds tous les accessoires bureautiques qui venaient de tomber pour se frayer un chemin vers la grande perche qui se trouva devant lui. Avant qu'elle n'eût pu anticiper quoi que ce soit, elle fut collée contre l'une des étagères, l'une des mains d'Anderson serrant sa gorge, l'autre pointant son flingue sur la tempe.

- Écoute-moi bien maintenant !! Ici ça ne sera certainement pas vous qui ferez la loi !! Alors tu vas te calmer et on va poursuivre les recherches !!

Il relâcha doucement la gorge de Lana qui comprit qu'elle n'était de loin pas de taille à l'affronter. Il positionna l'arme dans son dos et resta collé derrière elle pour sortir de cette pièce. Dans le couloir Lana restait silencieuse. La pièce suivante n'était qu'une petite salle de bain dans laquelle ils n'entrèrent pas. Inutile d'après Anderson. La prochaine était toutefois un peu plus intrigante. Une sorte de dressing. Généralement c'était le genre de chose qu'on avait dans une chambre. Là, c'était carrément une pièce séparée. Le plus étonnant c'était le vide. Il y avait une tringle de chaque côté, longeant ainsi la pièce, et un petit couloir d'un mètre de large. Mais les penderies étaient vides.

- Fouilles !
- Il n'y rien. Tu le vois bien, non ?
- J'ai dit, fouille !

La femme s'exécuta alors. Alors elle s'enfonça un peu plus et regarda autour d'elle. A part des planches de bois peintes en blanc, il n'y avait absolument rien. Elle passa ses mains sur le renfoncement du mur droit.

- A part un mur lisse. Il n'y a rien !

Mais un petit détail vint vite attirer son attention. Sur le mur d'en face, un rectangle était dessiné très finement. Lorsqu'elle passa la main dessus, celui-ci pivota vers l'intérieur. Anderson s'approcha rapidement.

- Qu'est-ce que tu as trouvé ?
- Il faut croire qu'ici le maître des lieux aime jouer à cache-cache avec certain objet…

Là, elle sorti un livre à la couverture en cuir rouge carmin. Une ficelle gardait le livre fermé.
Anderson lui arracha des mains.

- Bravo madame Smith ! Tu viens de mettre la main sur une sorte de journal intime !
- Ça va vous avancer tout ça !

Legall revint au centre de la pièce. Il posa un genou à terre, puis observa à nouveau le symbole.

- De là, on est tombé sur le mur. Mais si avant cette étape il y en avait une précédente ? On est certainement passé à côté de quelque chose !
- Ou alors on est sur la bonne voie et il faut trouver la suite de l'équation !
- Justement ! Je n'arrive pas à savoir dans quelle direction on doit chercher maintenant !
- Allons, allons, professeur. Avec ce que vous venez de démontrer, vous n'allez pas me faire croire que vos capacités s'arrêtent ici ? Je n'y crois pas une seule seconde.
- Et pourtant…
- Arrêtez votre cinéma et réenclenchez votre cerveau ! menaça Davis, son arme collée contre l'arrière de la tête de Legall.
- Vous devez être sacrément en colère. Vous me tutoyez à nouveau…

23

Alors qu'il continuait de marcher dans les rues de Paris, Antoine s'arrêta deux minutes devant la pyramide du Louvre.

Et dire que dans ce seul et unique lieu s'affrontent les plus grandes mascarades de l'histoire... De toute évidence, l'Homme est aveugle à ce qu'il a sous les yeux, pensait-il. Une voix franchement familière l'interrompit dans ses pensées.

- Elle est belle, n'est-ce pas ?
- Inspecteur ? Que faites-vous ici ?
- Savez-vous que pour certains, il y aurait 666 triangles de verre ?
- C'est faux ! Il y en a 673. La seule chose qui soit vraie selon certaines rumeurs, c'est celle qui raconte qu'elle a les dimensions de la pyramide de Kheops. Une base mesurant 35,40 mètres de côté et une hauteur de 21,64 mètres.
- Quel brillant exposé, monsieur Antoine. Maintenant dites-moi avec qui parliez-vous au téléphone ?

L'homme devint nerveux et scrutait un peu partout autour de lui.

- Effectivement vous pourriez tenter de prendre la fuite. Sauf que mes hommes sont placés un peu partout. Vous vous êtes piégé tout seul !
- Que me voulez-vous ?
- Je vous l'ai pourtant demandé à l'instant. Avec qui étiez-vous au téléphone ?
- Je... Je ne vois pas en quoi cela vous concerne inspecteur. Vous m'avez interrogé, j'ai moi-

même subi des dommages, j'ai besoin de respirer maintenant.

- Désolée de vous décevoir, mais vous êtes toujours témoin, voir complice, dans notre enquête. Alors je vous conseille de coopérer.

Deux voitures de police s'avancèrent vers eux. Il regarda autour de lui et vit alors à plusieurs mètres à la ronde, tout autour de la grande pyramide, des agents montrant leur insigne. Antoine comprit alors qu'il ne pouvait pas faire autrement que de suivre les instructions. Une fois embarqué, la voiture démarre. A ses côtés, Leclerc ne le lâcha pas d'une semelle. Elle était maintenant persuadée qu'il était la clé dans cette affaire. Il ne lui restait plus qu'à découvrir quelle porte il ouvrira.

Cette fois-ci, c'était un bien plus grand bureau. C'était celui de Mohamed Abdennour. Smith était aux anges. Sur la droite, une grande bibliothèque surplombait le mur.
Sur la gauche, une grande fenêtre donnait sur une cour intérieure. Et au milieu, un grand bureau en U.
Même le président ne doit pas avoir un aussi grand bureau ! songea Smith.
Anderson ne se fit pas prier longtemps avant que Lana ne commença à fouiller la pièce. Bien entendu elle commença par la bibliothèque. Une vaste collection digne de celle d'Alexandrie ! Des livres d'auteurs irakiens, turcs, américains, allemands, français et même danois.

- Ça n'est pas vraiment un livre qu'on cherche.
- Patience, patience…
- Tu as trouvé quelque chose ?

- Non. Pas encore. Je cherche.

La bibliothèque comportait cinq hauteurs. Et tous les livres étaient rangés par nom d'auteur et par nationalité. C'était impressionnant. C'étaient non loin de trois cents ouvrages qui se chevauchaient.

Anderson quant à lui se lassait de la voir s'accaparer de vulgaires bouquins. Il n'aimait guère la lecture. Il alla s'asseoir dans le siège en cuir.

- Et si tu venais regarder par ici ce qu'on pourrait y trouver ?

...

Je te parle !

Ne voulant pas risquer un malentendu, elle se tourna et se dirigea vers lui. Il poussa la chaise en arrière et laissa la place. Sur le bureau, quelques papiers et un ordinateur. Pour y accéder, il fallait un mot de passe.

- Tu penses que tu vas trouver quelque chose sur l'ordinateur ? Vraiment ? Dois-je te rappeler qu'on cherche une tablette d'argile ?
- Si tu sais mieux que moi, tu n'as qu'à m'aider...

Il se leva et pointa une fois de plus son arme vers elle. Lana s'en avisa et reprit ses recherches en ouvrant le tiroir du haut dans la colonne de gauche. Stylos, rouleaux scotch, agrafeuse, rien de bien concret. Le tiroir en dessous était vide, idem pour celui du bas. De la colonne de droite en revanche, elle sortit des dossiers.

L'un d'eux avait comme identification « A.TS.2004 ».

- Ça te dit peut-être quelque chose ça ?

A.TS.2004 ?

Elle allait vite comprendre lorsqu'elle ouvrit le dossier. Des photos et des comptes rendus de fouilles archéologiques sur des sites sumériens. C'est dans ce seul dossier qu'il y avait également une facture destinée à Abdennour d'un montant de 100 000 000 dollars.

- Qu'est-ce qu'il a bien pu acheter à ce prix-là ?
- Ça, je n'en ai pas la moindre idée. Il n'y a pas inscrit la désignation de l'objet qu'il s'est procuré. Et les photos n'aident en rien. A part des groupes, rien.

24

N'ayant rien trouvé d'intéressant, Chloé fut ramenée dans le salon.

- Nous vivons dans une drôle d'époque, n'est-ce pas ? Les gens les plus riches et influents ont tous les pouvoirs. Ils nous font croire ce qu'ils veulent. Finalement, qui pourrait les contredire ? Les puissants consument les plus faibles. Mais bientôt tout cela va changer. La face du Monde va prochainement connaître une résurrection.

La vision qu'elle eut lorsqu'il ouvrit la porte du salon fut douloureuse. Le vieillard avait été tabassé. Roué de coups, il avait le visage en sang et son œil droit ne s'ouvrait plus.

- Vous voulez construire un monde meilleur alors qu'avant même d'y parvenir vous le pourrissez déjà !
- Ne vous inquiétez pas. Rien ne vous sera fait. Tant que vous coopérerez. Ce qui n'est pas vraiment le cas de notre ami ici présent.

La jeune femme s'approcha du vieil homme assis par terre, adossé contre le canapé. Elle glissa sa main dans la poche de son pantalon et lorsqu'elle releva la tête elle remarqua que Yousra Elriani et Mourad Temime la pointaient avec leur arme.

- Qu'attendez-vous ? Vous allez tirer sur une femme qui sort un mouchoir pour essuyer un vieil homme en sang ?

Les deux hommes se regardèrent d'un air imbécile. Elle passa délicatement son mouchoir sur le visage de l'homme au visage ensanglanté.

- Faites donc, lança Temime. Le Grand Maître sera bientôt là et…
- Oui, oui. Ça fait deux jours, si pas trois, que vous nous baratinez les mêmes erreurs.
- Les artefacts réunis, vous verrez, votre discours changera.
- Ça ne fait aucun doute, poursuivit Elriani en s'asseyant sur une chaise.

Chloé continuait de panser Abdennour, qui de temps à autre, grimaçait selon la façon dont elle appuyait sur son visage pour en absorber le sang.

- Merci… Merci pour ce que vous faites mademoiselle, chuchota-t-il.
- Vous n'avez pas à me remercier. On va sortir de là… Enfin… Je l'espère…
- Vous avez raison mademoiselle, on sortira d'ici. Soit debout, soit les pieds en avant.
- Vous êtes bien optimiste, dîtes donc.
- Je connais ces gens. Je sais jusqu'où ils sont prêts à aller.
- Alors pourquoi ne pas les arrêter ?
- Parlez moins fort… Ils pourraient nous entendre.
- Alors pourquoi ne pas les arrêter ? questionna Brunet en parlant encore moins fort.
- Vous le voyez bien. Ils sont tous armés. Si on tente quoi que ce soit, ils nous tirent comme des lapins. Et donc on sortira d'ici les pieds en avant.
- Et il n'y a vraiment pas d'autres moyens ?
- Je crains malheureusement qu'il ne faille attendre.
- Attendre ? Mais attendre quoi ? poursuivit la jeune femme en rehaussant le ton, assez pour que

les deux ravisseurs soient intéressés par la conversation.
- Moins fort s'il vous plait. Moins fort...
- Moins fort de quoi ? interrompit Temime.
- Avec les coups qu'il a pris je crains qu'il n'ait un léger pet au casque. Et quand j'appuie ma main pour éponger le peu de sang, il a mal. Alors il demande à ce que j'appuie moins fort.

Après avoir examiné les dossiers, pas une seule piste. Smith retourna alors vers la bibliothèque et scruta attentivement les tranches.
- Il n'y a que dans les films que les passages secrets s'ouvrent après avoir tiré un livre vers soi.
Lana continuait sans trop faire attention à ce qu'il disait. Elle passa ses doigts sur chaque livre de l'étagère du bas. Puis celle du dessus. Elle commença alors le troisième étage d'ouvrages.
- Là !
- Tu as quelque chose ??
- Non. Mais c'était amusant de te voir sursauter de fausse joie.
Après cette petite boutade, elle continua ses recherches dans les files de livres.

- Là !
- Je ne me ferais pas avoir une seconde fois.
- C'est le seul livre sur lequel il n'y a rien sur le flanc. Pas de titre, pas de nom d'auteur.
- Lequel ?
- Le livre beige juste là.
- Et alors ? Cela nous apprend quoi ?

- Il est classé là, entre la Bible et Coran. Ces livres-là ne sont pas non plus classés comme les autres.
- Et donc ? Qu'en déduis-tu ?

Alors qu'elle tirait le livre vers elle, celui-ci ne faisait que pencher en arrière. A un moment, un « clic » résonna sous le bureau.

- C'est que dans les films, tu as dit ?

Lana se précipita vers le bureau. Le sol était recouvert de carrelage couleur taupe. L'un des carreaux situés sous le bureau avait sauté, laissant apparaître une trappe en bois.

25

Au poste, Antoine faisait face à Leclerc et son collègue.
Son air anxieux était de plus en plus présent. Il regardait
sa montre sans arrêt.

- Vous êtes pressé ? Parce que je ne suis pas sûr
  que vous allez pouvoir sortir d'ici si vite. Pas
  avant d'avoir donné quelques informations
  manquantes en tout cas. Alors s'il vous plait, je
  vous le demande gentiment, avec qui étiez-vous
  au téléphone ?
- Je… Je ne peux pas vous le dire…
- C'est bien dommage. Ça mettra plus de temps si
  on attend mes collègues, qui en ce moment même
  retracent votre historique d'appels et de messages.
- Je…
- Et votre ami ? Où est-il ?
- Mon…
- Oui, oui, votre ami ? Où est-il ? Nous savons que
  vous avez un lien avec sa disparition. Ça fait déjà
  deux questions pour lesquelles j'attends une
  réponse.
- …
- Vous ne voulez toujours pas répondre ? C'est
  bien dommage, on va devoir être un peu plus
  convaincant.

Leclerc appuya sur le bouton d'un boîtier, une voix en
sortit.

- Oui inspecteur ?
- Faites-le entrer.

Un homme de deux mètres, taillé dans la pierre, entra et
se positionna derrière Antoine qui lui, était assis.

- Allez-y mon ami.

L'homme posa ses mains sur les épaules de Louis et commença à serrer. Une légère grimace apparut sur son visage.

- Je répète mes questions : avec qui étiez-vous au téléphone ? Où est Legall ?!
- …
- Je crois qu'il n'a pas saisi.

L'homme planta un peu plus ses doigts dans les épaules du suspect.

- Je répète une dernière fois mes questions : avec qui étiez-vous au téléphone ? Où est Legall ?!
- …

Leclerc hocha la tête et l'homme serra fermement les épaules d'Antoine. Celui-ci poussa un cri et dans un élan de colère et de rage, parvint à se libérer et à contourner l'officier qui le malmenait. Manque de chance pour lui, il avait fermé la porte à clé lorsqu'il était entré. Antoine était coincé entre la porte et l'homme bodybuildé. Il ne lui fallut pas longtemps pour le faire s'asseoir. Il fut attaché, un poignet au bureau, l'autre à la chaise.

- Mauvais choix. Vous vous enfoncez davantage dans la misère.

Que va en penser votre fille ?

Leclerc toucha là un point sensible. Avant de l'avoir arrêté devant le Louvre, elle avait eu temps de faire un rapport sur la personne de Louis Antoine et de sa famille. Sa femme avait été tuée dans un accident de voiture. Leur fille était dans le coma pendant deux mois, mais avait réussi à s'en sortir.

- De quel droit… Antoine qui n'avait pas encore parlé depuis son arrivé au poste, haussa le ton.

132

- Elle serait bien triste de découvrir les actes de son père. Vous n'êtes pas d'accord ?
- Vous ne savez rien de moi !
- Ça tombe bien ! J'attendais que vous m'en disiez plus.
- …
- Votre fille risquerait d'être placée dans un centre, vous le savez, non ?
- Le Grand Maître. J'étais au téléphone avec le Grand Maître.
- Je vous demande pardon ? lança le collègue de Leclerc.
- Ce monde va bientôt disparaître. Nous vivons dans le mensonge depuis des siècles. Mais ce temps sera bientôt révolu.
- Qui est ce grand maître ? enchaina Leclerc.
- Celui qui révélera la vérité au monde.
- La vérité ?
- Sur qui nous sommes, d'où nous venons.
- Et comment ?
- Avec la 7ème tablette.
- Je vois, vous faites partie d'une sorte de société voulant faire croire au monde que ce sont les extraterrestres qui nous ont créés ?
- C'est une Vérité !
- Bien. Dans ce cas, rappelez votre grand maître et donnez-lui un rendez-vous.
- Je ne peux pas.
- Bien-sûr que si. Au risque que votre fille…
- Très bien. Donnez-moi mon téléphone.

26

Hayden Davis regardait attentivement Legall. Il n'avait pas l'air plus inquiet que ça d'avoir une arme collée sur la tempe.

- Voyons professeur. Nous savons tous les deux que vous êtes bien plus intelligent que ça !
- Très bien.
- Alors ? Que cherche-t-on maintenant ?
- N'importe quoi représentant une planète ou un symbole quelconque de Nibiru.
- Et où va-t-on trouver ça ?
- N'importe où dans cette salle.
- Alors debout !

Legall se dirigea vers le mur droit, Davis vers le mur gauche.

- Ne me décevez pas. Je sais de quoi vous êtes capable. D'ailleurs, vous en avez déjà fait belles démonstrations.

Legall se colla au fond de la salle et observa les différents briques. Rien ne laissait penser qu'un autre indice sera trouvé. Bien au contraire. Elles se ressemblaient toutes.

- Je crois que j'ai trouvé quelque chose !

Legall se rendit vers Davis.

- Là-haut, regardez !

Effectivement il venait de trouver quelque chose. Il suffisait de lever la tête pour observer à environ deux mètres cinquante du sol une gravure sumérienne.

- Une fidèle représentation n'est-ce pas ?
- Si c'en est une, répondit Legall.
- Comment ça ?

- Examinez-là attentivement. La gravure se
  positionne sur un support bien plus grand que la
  taille des pierres constituant le mur.
- Et que devons-nous en déduire ?
- Je n'en suis pas sûr mais… Faites-moi la courte
  échelle.

Davis s'exécuta. En face de lui, Louis contempla l'une
des tablettes sumériennes les plus connues.
En haut à gauche de celle-ci, on pouvait y distinguer le
système solaire. Au centre le soleil, autour les dix
planètes, y compris la planète X.

- C'est dingue quand même ! Comment une
  civilisation n'ayant pas notre modernisme a pu
  graver une telle chose ? Uranus n'a été découvert
  qu'en 1781. Pluton en 1930. Et eux, l'avaient déjà
  sous les yeux.

Toujours à gauche, deux hommes debout regardant vers
la droite.

- Voici donc un Anunnaki.
- Pardon ?
- A droite de la gravure. L'être qui est assis à la
  même taille que les hommes qui sont debout face
  à lui. Donc proportionnellement, s'il se lève il
  sera plus grand d'un à deux tiers. C'est d'ailleurs
  le seul qui est assis. Parce que c'était un Dieu.
  Les sumériens venaient apporter des offrandes à
  l'un de leur Dieu.

Legall descendit et proposa à Davis de regarder en lui
faisant la courte échelle.

- Observez entre les deux personnages à gauche.
  Une sorte de vaisseau spatial. Un cône sur lequel
  on distingue une sorte de capsule. Il est situé juste

en-dessous de la représentation de notre système solaire. Prêt à décoller.
- C'est effectivement fascinant.
- Mais ça n'est pas tout. La figure de droite tient dans sa main une sorte de bâton avec au bout une sorte d'antenne.
- Et ?
- Un moyen de communication peut-être ? Dois-je vous rappeler que, dans la Bible, Moïse brandit son bâton et que la mer se fendit en deux ?
- C'est donc grâce à l'aide des Dieux Anunnaki que…
- Ou alors c'en était un !

Davis redescendit et regarda Legall dans les yeux.
- Nous touchons au but. Nous avons trouvé bien plus qu'un indice. Nous avons…
- Du calme ! On n'a rien d'autre qu'une gravure appuyant des faits. Rien de plus.
- Alors cherchez bien. Je suis sûr qu'elle va nous ouvrir un autre chemin.

La voiture s'arrêta quelques mètres avant le grand monument. Trois autres étaient postées autour et à l'arrière en cas de besoin. Leclerc fit sortir Antoine de la voiture. Bâtie au XVIIème siècle, et située dans le sixième arrondissement de Paris, se dressait devant eux l'église Saint-Sulpice. Ce magistral édifice mesurait cent vingt mètres de long, cinquante-sept mètres de largeur et trente mètres de haut sous la voûte centrale. La deuxième plus grande église de la capitale.
- Et dire qu'il a des siècles, tout cela n'existait pas. C'était une simple église de campagne.

136

- Que l'Homme, à travers les âges a embelli et agrandi, poursuivit Leclerc. Paris se modernisait, il fallait que l'Église aussi en fasse partie.
- Fondée par un roi Mérovingien, Childebert, fils de Clovis. Et si on en croit certains, les mérovingiens sont la descendance directe de Jésus Christ lui-même.
- Mais vous n'y croyez pas. N'est-ce pas ?
- Qu'il y est une descendance ? Si. Que Jésus ait été divin, non.
- Pourquoi n'aurait-il pu ne pas l'être ?
- Inspectrice, regardez autour de vous. Il fallait un moyen, quel qu'il soit, d'abreuver les moutons en soif de connaissance. Ou plutôt de croyance.
  « Suivez ma voix, écoutez et prêchez la bonne parole, la mienne. »
  Pendant que des Hommes prient pour un Dieu, d'autres se tuent pour le même. Ne voyez-vous pas là une absurde incohérence de la Religion ?
- Vos mots sont forts.
- Mais justes.

Après avoir bavardé et contemplé l'entrée du bâtiment il était temps de mettre en place le plan prévu. Autour d'eux quelques touristes et des fidèles. Des hommes de Leclerc, tous habillés en civil, se mêlèrent aux visiteurs. Leclerc prit de la distance sur Antoine qui observait droit devant lui de longues lignées de chaises en bois au mieux de colonnes de pierres à droite et à gauche. Il avança doucement un pas après l'autre vers l'avant du lieu. Puis il s'arrêta et leva la tête. Derrière l'autel, à quelques mètres de hauteur, des vitraux, trois grands vitraux. Il poursuivit à nouveau sa marche jusqu'à arriver à la deuxième rangée de chaises. Il choisit la colonne de droite.

Une, deux, trois, quatre, cinq, six… sept ! C'est là !

Il s'assit alors sur la chaise et regarda droit devant lui.

- Le signe de croix mon bon monsieur. Vous n'avez pas fait le signe de croix avant de vous asseoir, lui lança une voix derrière lui.

Il se retourna et vit un vieil homme. Il sourit et fit le signe de croix en direction du vieillard.

Leclerc observait de loin l'attitude de son suspect. Mais son attention était prise par l'architecture de ce lieu. Elle était impressionnée, comme toujours, lorsqu'elle était dans un endroit tel que celui-ci. Il faut dire que Saint-Sulpice en avait connu des travaux. Notamment en 1642, car la petite église paroissiale devenait vétuste. Pour la plupart, c'était impensable de laisser telle quelle à côté du palais du Luxembourg. Et en ajoutant à cela une population grandissante, elle devenait trop étroite.

- Vous savez que c'est Jean-Baptiste Pigalle qui a sculpté la Vierge dans le marbre blanc dans la chapelle ?
- C'est effectivement très intéressant, répondit Leclerc à la petite dame qui était à côté d'elle. (C'était la femme du vieil homme qui était Antoine.)
- Et que Camille Desmoulins s'est marié ici ! Et que trois ans après il provoqua la mort sur l'échafaud de son témoin. Et pour finir, lui et son épouse, en 1794 furent guillotinés sur ordre de Robespierre, l'un des témoins du mariage. Triste sort pour un révolutionnaire qui en a tant fait. Et c'est sans évoquer qu'en 1799, un banquet d'au

moins sept cent cinquante couverts fût offert aux
généraux Bonaparte et Moreaux.
- L'Histoire de France est riche de souvenirs.
- N'est-ce pas ? Et vous voyez ? Cet édifice est
  toujours encore debout ! C'est un miracle !
La petite dame, toute souriante, alla rejoindre son mari
qui l'attendait quelques mètres plus loin.
Antoine était toujours assis à attendre. Ça devenait long à
son goût. Il commença à s'agiter, il tourna sa tête à
droite, à gauche, derrière lui. Mais rien, il ne vit personne
qu'il connaissait. Même les flics avaient disparu. Puis
une main sur son épaule le fît sursauter. Du moins la
réveilla.
- Bonjour Louis.
Lorsqu'il tourna la tête, il comprit qu'il était enfin arrivé.
Il était à nouveau calme et serein.
- Bonjour Grand Maître. Je suis ravi de vous voir
  enfin.
- Tout vient à point à qui sait attendre.
  Comment se passe notre ascension ?
- Presque comme prévu Grand Maître…
- Presque ? Qu'entendez-vous par là ?
- Ici nous avons eu quelques soucis avec la police.
  Là-bas tout se passe comme prévu…
- C'est donc pour cela que toi, tu es encore là.
- Oui Grand Maître…
- Ne t'en fais pas, tout vient à point à qui sait
  attendre. On-t-il trouvé la septième tablette ?
- Pas aux dernières nouvelle Grand Maître. Mais ils
  en sont proches… Mais… Pourquoi ne pas avoir
  réuni les 7 crânes de cristal ?
- Ils ne sont qu'un mythe.

- Mais il y en a 7 et…
- Et rien du tout. Je connais mieux que quiconque cette légende. Mon grand-père a trouvé l'un des premiers crânes.
- Alors vous pensez que…
- Je ne pense pas. J'en suis sûr. Je les ai vu et je sais qui les possède.
  Alors maintenant dis-moi, pourquoi m'avoir fait venir ici ?

27

Legall restait persuadé que tout cela n'était que des leurres mis en place intelligemment pour cacher quelque chose qui n'était pas ici. Bien sûr Davis envisageait le contraire et restait convaincu que c'était ici, quelque part.

- Vous êtes un sacré spécimen professeur.
- Je vous demande pardon ?
- Ou plutôt une girouette.
- C'est à dire ?
- Vous êtes du genre à croire et vous investir à cent pour cent dans un domaine, puis il suffit d'un doute, et pouf ! Vous ne croyez plus en rien. Sauf si tout cela est voulu.
- C'est tout de même drôle de voir un psychopathe tenter de comprendre une personne normale.
- Vous feriez mieux de continuer à chercher un autre indice. Je vous laisse cinq minutes.

L'homme tend son arme vers Legall.

- Vous ne me tuerez pas. Vous avez besoin de moi.
- Pour l'instant, oui. Mais je pourrais vous tirer dans le bras. Ou dans la jambe.
- Ça ne vous ferait que perdre du temps. Votre grand maître risquerait de ne pas être content s'il arrive un jour.
- N'en doutez pas professeur. Vous pourriez en être bien surpris.
- J'attends de voir.
- Ça suffit ! Remettez-vous au boulot, bordel !

Louis leva la tête et observa l'architecture du bâtiment. Il vît que Leclerc et les autres flics commençaient à se rapprocher.

- Grand Maître. Les temps obscurs et malsains laisseront bientôt place à la Lumière et à la Vérité. Vous savez aussi bien que moi que pour accomplir de telles destinées, il faut faire des sacrifices.

Il sortit de sous la chaise la mallette noire récupérée quelques heures auparavant.

- Tout y est ?
- Absolument tout. La liste de tous les membres de l'Ordre du Grand Maître du monde entier.
- Mais encore ?
- C'est… C'est tout ce qu'il y a à l'intérieur…
- Vous vous fichez de moi ?! s'énerva l'homme de quarante et un ans.
- Restez calme, chuchota Antoine. Les murs pourraient avoir des oreilles…
- Moi, Chérif Abdallah, dit le Grand Maître, personne, je dis bien PERSONNE, n'oserait me faire faux bon. Et je te sens fébrile. Que se passe-t-il ?
- Je… J'ai dû moi aussi faire un choix. Un dur sacrifice.
- Et quel est-il ?
- L'Histoire, pour nous, va s'arrêter ici.
- Que veux-tu dire ?
- …
- Je t'écoute.
- Eh bien… La police est ici. Depuis le départ de du professeur Legall, elle…

- Qui elle ?
- L'inspecteur Leclerc… Elle a eu beaucoup de doute et… Elle m'a démasqué.
- Mais qu'as-tu fait ?
- En nous faisant arrêter ici, on leur laisse une chance de trouver la dernière tablette, et d'accomplir votre destinée. Une fois fait, nous serons libres.
- Eh bien, j'aurai agi comme toi. Je suis fier d'avoir dans mes rangs un aussi fidèle et loyal homme de peine. Ton sacrifice leur laissera le temps de faire ce qu'il y a à faire là-bas, pendant qu'ici on leur fait perdre du temps dans leur futur interrogatoire. C'est très intelligent !
- Merci Grand Maître. Je savais que vous comprendriez ma décision.
- Bien-sûr ! Je la comprends.
  Que faut-il faire maintenant ?

Antoine leva sa main gauche et se gratta l'arrière de la tête. En relevant le bras, il fit se rejoindre son index et son pouce, formant ainsi un cercle. C'était le signal. Quelques instants après, Leclerc et ses hommes encerclaient les deux personnages, les menottaient et les sortaient de l'église. Quelques instants plus tard ils étaient menottés et sortis du lieu de culte. L'inspecteur regardait le Grand Maître droit dans les yeux.

- Un aussi grand homme arrêté en une fraction de seconde. Vous n'avez même pas tenté de vous échapper. Pourquoi ?
- Parce que ce qui doit arriver, arrivera. Vous verrez inspecteur.

Gyrophares allumés, les voitures fonçaient à vive allure en direction du poste de police. Un long travail allait désormais commencer.

- Anaïs ?
- Pauline ? Comment tu vas ?
- Ça irait mieux si tu pouvais venir m'aider…
- T'aider ?! Qu'est-ce qu'une archéologue pourrait faire pour aider un inspecteur de police de renom comme toi ?
- C'est une longue histoire… Est-ce que tu pourrais être à Paris dans les heures qui viennent ?

28

Lana n'en revenait toujours pas. Elle venait de trouver une cachette. Elle enleva le carreau de carrelage de vingt centimètres de côté et celui-ci laissa apparaître une trappe en bois. Mais aucune charnière pour la soulever.
Anderson n'était pas loin derrière elle et gardait un œil très attentif sur ces faits et gestes.
- Et en poussant dessus ?
Smith se retourna et lui fit un signe de tête. Elle tenta alors d'appuyer au centre de cette trappe qui ne mesurait pas plus de dix ou quinze centimètres de côté.
Bingo ! s'exclama-t-elle dans sa tête. La planche de bois sauta. C'était un mécanisme à ressort. En appuyant dessus celui-ci se déverrouilla.
Lana n'en croyait pas ses yeux. Après avoir enlevé la plaque de bois, un objet inattendu se dévoila devant elle.
- Alors ? Qu'est-ce ?
Elle fit mine de se gratter le ventre et en profita pour cacher l'article dans son pantalon.
- Rien. C'est absolument vide. Tout ça pour rien.
- Fais-moi voir ça !
Anderson se précipita et poussa Smith sur le côté. Une fois devant le trou, il vit qu'elle venait de dire la vérité.
Il passa sa main à l'intérieur et tentait de pousser, de taper, mais rien. Matthew voulu se relever mais ça allait être compliqué. Il sentit à l'arrière de son crâne un objet lourd et froid collé à lui.
- Maintenant c'est toi qui vas m'écouter ! s'exclama fièrement la jeune femme.
- Il n'y avait rien, c'est ça ?
- Rien à part ce pistolet.

Lana leva le cran de sûreté.

- Maintenant tu vas doucement poser ton arme par terre et la pousser.
- Et pourquoi je ferais ça ?
- Je crois que t'as pas vraiment le choix ! insista Lana en appuyant un peu plus sur la tête de l'homme à genou.
- Jamais je ne trahirais le Grand Maître.
- Donc tu es prêt à mourir pour une cause dont tu n'as pas encore eu la moindre preuve ?
- Qui te dit que je n'ai pas encore eu de preuve ?
- Vous êtes quand même bien hésitants pour une équipe qui se veut être sûre d'elle !
- Nous ne sommes pas une équipe. Nous sommes une communauté.
- Oui, ou confrérie.
- Peu importe. Là n'est pas la question. Tu fais une grave erreur en pensant pouvoir prendre le dessus comme tu l'espères.
- Pose ton putain de flingue par terre !!

Lana commença à perdre patience. Son avantage cette fois-ci : elle possédait une arme.

- Même si tu me tues, que feras-tu après ? Au mieux tu arrives à descendre mais mes amis te stopperont, soit, au pire, tu deviendras pire que nous. Réfléchis bien…

Sans même réfléchir, elle leva son arme et tira dans la fenêtre avant de revenir lui coller l'arme sur l'arrière du crâne.

Tout le monde se regardait d'un air surpris. C'était le silence complet dans le salon. Le coup de feu venait d'en haut. Que s'était-il passé ?

Chloé était de plus en plus anxieuse.

Aucun mal ne vous sera fait... qu'ils disaient, et là... un premier coup de feu...

- Yousra, va voir ce qu'il se passe à l'étage et reviens vite.

Elriani ne répondit rien, mais s'exécuta immédiatement en sortant rapidement de la pièce.

- Et après ? Même si vous trouvez ce que vous cherchez, est-ce pour annoncer la vérité ? Pour devenir riche parce que vous serez en possession d'un artefact inestimable ? Ou pour semer le chaos sur Terre ?
- Ferme-la vieillard ! Tu n'as pas idée de notre projet.
- Je crains que si, justement. Vous n'êtes qu'une bande d'ignorants.
- J'ai dit « Ferme-la » !

Chloé écoutait les deux hommes débattant de plus en plus fort dans le ton de leurs voix. Elle regarda le salon dans les moindres recoins. Elle devait s'enfuir. Elle ne tiendrait plus très longtemps comme ça sans péter les plombs. Il fallait qu'elle sorte d'ici. Mais comment... ?

- J'ai raison, et vous le savez. C'est pour cela que vous êtes aussi arrogant, Monsieur Temime.
- ...
- Que se passe-t-il ? Vous êtes surpris que je connaisse votre identité ? Mourad Temime, trente-trois ans, trente-quatre cette année. Marié depuis bientôt cinq ans et père d'un petit garçon.
- STOP !! Arrêtez !! Vous ne savez rien de moi !! Comment cela serait-il possible ?!

147

- Votre Grand Maître.

Temime pointa son arme sur le vieil homme.

- Continue comme ça et je t'explose la cervelle !!
- Tu sais très bien que tu ne le pourrais pas. Ton « patron » ne serait pas content. En tout cas, je ne crois pas qu'il apprécierait qu'on exécute son père.

Le silence se fit encore plus présent qu'au moment du coup de feu.

Le Grand Maître serait le fils d'Abdennour ? C'est impossible, pensait-il.

- Je ne tomberai pas dans votre piège. Vous essayez à tout prix de m'amadouer pour vous sortir de là. Rien de plus.
- Cherif ne serait pas satisfait de votre travail.
- Vous ne portez même pas le même nom !
- C'est normal... à la mort de ma femme, il a décidé de prendre son nom à elle. Il a beaucoup souffert de sa disparition. Je n'étais pas présent pour lui. Toujours à être sur des sites archéologiques à vouloir trouver l'introuvable...
- C'est incohérent et complètement ridicule !
- Lorsque je suis rentré d'expédition, il était parti. Il avait emporté avec lui la plupart des objets de sa mère et de ceux que j'avais laissés ici et qui me servaient lors de mes fouilles. Depuis gamin, il suivait mes recherches. Il sait des choses, il sait où elles peuvent se trouver. Réfléchissez, vous n'êtes pas ici, dans cette maison, pour rien.
- Ça se tient si on y réfléchit bien, intervint Brunet. Vous n'êtes pas d'accord ?

Temime devenait nerveux. Si ce qu'il disait était vrai, alors cela impliquerait des fautes avec de lourdes conséquences.
Comment cela serait-il possible ? Je ne peux pas le croire, tenta de se convaincre Mourad.
Et pourtant, il a l'air sincère le vieillard.
- Comment savoir si tu dis la vérité ?
- …
- Tu ne dis plus rien le vieillard ?
Celui-ci se mit à tousser violemment. On aurait dit une crise d'asthme. Mais cela s'atténua en quelques secondes. Puis cela reprit, cela pendant environ cinq bonnes minutes.
- Crois ce que tu veux. Je sais qui JE suis. Je sais qui IL est. Et à mon avis, tu risques plus que moi.
- Que veux-tu dire ?
- S'il arrive et qu'il me voit dans cet état, vous allez certainement en subir les conséquences.
- Je n'en crois pas un mot.
- Vous devriez si…
- Si même ce que tu dis est vrai, nous, on ne risque rien.
- Tu crois ça ?
- Ton fils ne se serait pas barré du jour au lendemain sans plus jamais prendre des nouvelles de son père, s'il tient vraiment à toi ! Alors oui, je crois cela.
Chloé regarda Abdennour d'un air attristé. C'était une jeune femme plutôt sensible. Même si elle commençait à montrer une sorte de « résistance » face à la situation à laquelle elle était confrontée.

Smith avait toujours son arme posée sur la tête d'Anderson. Celui- ci restait convaincu qu'elle ne lui tirerait pas dessus. Elle n'en aurait pas le cran. Déjà en ayant tirée sur la fenêtre elle s'était tirée une balle dans le pied. Tôt ou tard quelqu'un viendrait voir ce qui se passait ici. Ça serait le moment de reprendre le dessus. Ça n'était qu'une question de temps.

- Tu as commis une belle erreur princesse !
- Ne m'appelle pas comme ça !! Je ne suis PAS ta princesse !

29

*Après tout, on n'a plus rien à perdre. Il faut que
j'essaie...*
- Excusez-moi... Je... J'ai...
- Oui ?
- J'aimerai aller aux toilettes... Je... Je n'arrive
  plus à me retenir...
- Ne serait-ce pas une ruse pour tenter de
  t'échapper ?
- Pour aller où ?

Temime s'approcha du vieil homme et le leva. Il l'assit
sur le fauteuil en bois et regarda autour de lui. La sangle
du volet roulant pourrait faire l'affaire, mais elle était
trop courte. Il fouilla dans l'un des meubles du salon, sur
lequel était posée la télé. Premier tiroir : rien qu'il ne
puisse utiliser, dans le second, même topo.

Il continuait de chercher autour de lui, suscitant la
curiosité de Chloé et Mohamed. Il faisait mine de ne pas
s'en apercevoir et restait concentré sur son objectif. Son
regard s'arrêta sur les rideaux. Ils étaient grands et il
avait vu une paire de ciseaux dans le meuble télé, ça lui
permettrait de couper des lanières.

Il se dirigea vers l'un des rideaux dans lequel il coupa
plusieurs bandes de dix centimètres de largeur.

Il s'occupa ensuite d'attacher fortement Abdennour sur la
chaise, tout en lui bâillonnant la bouche.
- Tu veux toujours aller aux toilettes ?

Brunet sourit et se leva alors que Temime l'attrapa par le
bras, pointant son arme contre elle.
- Je te préviens, ne tente rien. Ça serait vraiment
  stupide de ta part.

- Je compte juste aller pisser. Maintenant je peux le
  faire ici si ça peut arranger.
- Allez avance !

Il ouvrit la porte, jeta un dernier coup d'œil au vieil
homme attaché puis poursuit son chemin.

Le soucis, Temime ne connaissait pas la maison. Il ne
savait donc pas où étaient les WC. Dans le couloir de
gauche, quelques portes et à droite, à part l'escalier et la
porte d'entrée, rien. Ils prirent alors le passage de gauche.
A quelques mètres, une porte était légèrement ouverte.
Temime la poussa et, Bingo ! Les toilettes étaient juste
là ! Brunet entra et ferma la porte tandis que son « garde
du corps » restait bien droit devant la porte à l'attendre.
Assise sur les toilettes elle vit que dans la serrure, il y
avait une clé. Ça pourrait lui être utile. Elle la retira
délicatement pour que son ravisseur ne se doute de
quelque chose.

- Tout va bien ?

Eh merde ! Il m'a entendue… pensa-t-elle.

- Oui, oui, merci.

Elle la retirerait en tirerant la chasse, le bruit de l'une
couvrirait le bruit de l'autre.

Autour d'elle, pas grand-chose d'intéressant, si ce n'est
cette statue égyptienne d'au moins cinquante centimètres
de haut, posée sur une tablette à l'arrière des toilettes. Il y
avait aussi un tableau accroché sur la droite du mur. Un
tableau plutôt surprenant : « Les Bergers d'Arcadie ».
Bien-sûr, c'était une réplique. L'original ne serait
certainement pas accroché ici, encore moins dans un
endroit comme celui-ci. Et sur la gauche du mur une
photo A4 où Mohamed Abdennour posait aux côtés
d'archéologues devant un tombeau. En regardant à

nouveau le tableau, puis la photo, Chloé commença à se poser des questions. Le paysage était le même. Le bloc de pierre également.

- Bon il te faut un coup de main où ça va aller ?! s'impatienta Temime.
- J'ai bientôt fini…
- Oui et bien, dépêche-toi !

Elle restait figée devant le tableau et la photo. C'était vraiment incroyable la ressemblance des lieux ! Elle était prête. Elle savait qu'il faudrait être rapide et surtout, ne pas se louper.

Elle tira la chasse d'eau et retira la clé de la serrure. Elle ouvrit la porte et, avec la statue d'Anubis, frappa de toutes ses forces sur le crâne de l'homme en face d'elle, qui tomba aussitôt à terre.

Une bonne chose de faite !

Elle tira le corps dans les toilettes, fouilla les poches et prit le couteau et l'arme à feu. Elle ferma ensuite la porte à clé et rejoignit le salon. Elle n'était pas à l'aise avec une arme, mais, depuis son arrivé ici, elle se sentait en position de force.

Lorsque la porte s'ouvrit, le vieillard fut surpris. La femme était revenue seule et armée. Il tenta de parler, mais seuls des sons sortaient de sa bouche fermée.

Chloé alla lui retirer le bâillon et le détacha en toute hâte.

- Où est-il ?
- Il a décidé de faire un petit somme.
- Je vois… Anubis vous a été utile.
- En quelques sorte oui !

L'homme se leva, s'étira, puis se rendit à la fenêtre.

- Mon pauvre rideau. Je ne sais même pas s'il en vende encore de ce type. Il doit avoir au moins la moitié de mon âge.
- Il faudrait plutôt penser à laver vos blessures non ? Et à retrouver les autres avant de sortir de là !
- Vous avez raison. Nous avons assez perdu de temps. Mais ne nous précipitons pas dans la gueule du loup. A côté des toilettes il y a une petite salle de bain, , dans laquelle ils se retrouvèrent quelques minutes plus tard.

Chloé passa un linge propre et humide sur les plaies qu'il avait au bras et sur le visage. Les serviettes blanches devenaient rouges, à peine posées sur le corps du vieil homme. Il ne l'avait pas loupé. Et pourtant, il restait fort et ne montrait aucune faiblesse. Il y avait aussi des habits propres dans une armoire de la salle d'eau.

Après un quart d'heure, Mohamed Abdennour se sentait à nouveau propre, et jeune !

- Et maintenant ? Qu'allons-nous faire ? Par où commencer ?
- On va retrouvez vos amis et on va empêcher ces crétins d'arriver à leur fin.
- On ne peut pas laisser la police s'occuper de ça plutôt ?
- La police ?
- Bah oui ! Vous savez ces personnes qui enquêtent et arrêtent les criminels.
- Mademoiselle, sans vouloir vous faire peur, la police est elle aussi impliquée dans toute cette histoire.
- Quoi ?! Mais… Comment ?

- Les Élites sont protégées. Et pas par n'importe qui… Tellement de personnes sont concernées. Mais en aucun cas, la vérité doit être mise à jour !

30

Sa valise était déjà bien pleine, mais il restait encore
quelques ustensiles à emporter. Pour ça, un petit sac fera
l'affaire. Le petit brun qu'elle prenait d'habitude pour ce
genre « d'évènement ». Elle le tira du haut de son
armoire murale et le posa sur le lit. Elle en sortit son
contenu pour vérifier qu'il ne manquerait rien :
- Une truelle anglaise, distinguée par sa forme
    losangique
- Une truelle langue de chat
- Une brosse
- Une pincette
- Un décamètre
- Des ustensiles de dentiste
- Des sachets zippés de différentes tailles, afin d'y
    mettre les éventuelles découvertes
Tout y est ! Inutile d'en apporter plus, pensa-t-elle. Pour
l'instant en tout cas. Anaïs ne savait pas encore à quoi
elle aurait à faire. Mis à part le fait que c'était en rapport
avec un pseudo conflit international mêlant l'archéologie
et des pilleurs de trésors, aucune information ne lui avait
été transmise. Une chose qui l'agaçait un peu. D'autant
plus que c'était une amie d'enfance qui lui imposait cela.
Peu importe, ce qui la préoccupait un peu plus c'était le
fait de déjà repartir.

Anaïs Pelletier, à peine trente-deux ans, était une
archéologue prometteuse. Elle était rentrée il y a deux
jours d'une expédition où elle avait été invitée grâce à
son savoir et sa ténacité. Elle venait de passer trois
semaines au Mexique dans la cité ancienne la plus belle

du monde : Chichen Itza, dans la région du Yucatan. Une cité bâtie dans la jungle qui comptait non loin de trente mille habitants ayant des connaissances en astronomie, en mathématiques et en architecture. Ils étaient connus également pour leurs terribles rites religieux…

Anaïs était impressionnée quant à la construction de la pyramide réalisée avec des pierres de calcaire, qu'ils trouvaient à cinq cents mètres de là. Un approvisionnement quasiment illimité. Il y avait tellement d'ingéniosité et de mystère autour de celle-ci. Les conquistadors l'avaient surnommé « El Castillo » (le château). Elle était l'une des sept nouvelles merveilles du monde.

Dédié au dieu serpent Kulcan, elle était haute de trente mètres, soit un immeuble de dix étages. En son sommet, un temple sacré dévoué à son dieu.

Chaque face des escaliers matérialisait le calendrier Maya. A sa base, des têtes de serpents étaient disposées en fonction des équinoxes.

A la verticale de celle-ci, sous une couche de calcaire d'au moins cinq mètres, se trouvait une grande grotte souterraine remplie d'eau, sur au moins trente mètre de profondeur, appelée cénote.

Le temple de Kulkulcan serait situé au centre de quatre cénotes. L'une au nord, une autre au sud, une à l'est, et une dernière à l'ouest.

Les Mayas auraient-ils divisé leur univers en quadrants alignés avec les quatre points cardinaux ? C'était en tout cas ce que se demandait Pelletier. Sans noter que les dix-huit terrasses de pierre symbolisaient les dix-huit mois de l'année Maya.

En additionnant les quatre-vingt-onze marches de chaque face et la plateforme du sommet, on obtenait un total de 365 marches. Une par jour de l'année.
Deux fois par an, aux équinoxes, le soleil projetait une ombre à l'alignement parfait, au point que l'on avait l'impression de voir un serpent démesuré descendre le grand escalier en ondulant. Le dieu serpent Kulcan.

De bons souvenirs et une riche expérience pour la jeune femme. Au sacrifice de délaisser une fois de plus son homme et leur projet d'avoir un enfant. Elle s'angoissait plus que lui. Pour Samuel, voir sa femme épanouie était la plus importante des choses. Alors il l'attendrait.
Valise fermée elle la descendit du lit et la roula jusqu'à dans le couloir. Entendant le bruit des roulettes, son homme arriva à la rescousse. En moins de deux, ses affaires étaient au rez-de-chaussée.
Dans la cuisine le petit déjeuné était déjà prêt : jus d'orange, café avec pain grillé, confiture d'abricot. Sam avait pris de l'avance. Il ne voulait pas qu'elle soit en retard pour son train.

- Tu es prête ma chérie ?
- Je me demande juste si c'était une bonne idée d'accepter.
- Chérie, ça peut être un excellent tremplin pour ta carrière !! C'est une occasion en or !
- Peut-être bien. En attendant, je ne sais même pas ce qui m'attend.
- Tu fais confiance à ton amie d'enfance, non ?
- La dernière fois qu'on s'est vu, c'était pour mes vingt-cinq ans. A part un sms de temps en temps, rien de plus.

- Elle est quand même devenue inspecteur de police.
- Eh oh ! Dis comme ça on dirait que l'idée te plait !
- Et toi tu es devenue une superbe archéologue ! D'ailleurs ne traînons pas de trop... L'heure tourne...

Legall parvient enfin à passer son bras dans le trou incrusté dans le mur. Il palpa avec la paume de sa main, à droite et à gauche, mais rien. Juste des briques de pierres et quelques morceaux de mortier qui s'effritaient.
- Il n'y a absolument rien là-dedans !
- Cherchez mieux !
- C'est déjà fait !
Legall avait beau examiner du bout de ses doigts, rien n'y faisait. Il demanda alors le téléphone portable de son ravisseur pour utiliser la fonctionnalité de lampe de poche. Mais celui-ci refusa. Puis, cela aurait été compliqué de faire passer un objet, alors qu'il faisait la courte échelle au professeur.
- Vous n'aviez pas besoin de descendre ! On y retourne immédiatement professeur.
- Avec un peu de lumière, peut-être que je pourrai y voir plus clair.
- Et je reste convaincu du contraire.
Legall remonta sur les mains tremblantes de Davis.
- Assurez-vous de mieux regarder cette-fois !
- J'ai beau regarder, fouiller avec ma main, il n'y a rien !
Au moment où il s'apprêtait à redescendre, il tourna sa main, paume vers le haut et sentit du bout des doigts un

anneau métallique sur lequel il tira. La dalle au centre de la pièce se souleva, comme si elle était montée sur ressort, puis tomba en arrière. Legall redescendit et regarda Hayden. Il se précipita vers la dalle et s'agenouilla devant. En-dessous de la dalle qui venait de sauter, une cachette dans laquelle se tenait un tissu de lin beige refermé par une ficelle. Legall desserra le nœud et, doucement, retira le linge.

- Alors ?! Qu'avez-vous trouvé ?!
- …
- Professeur ?!

Legall regarda attentivement le titre du livre qu'il tenait en main

« Anunnaki – Les Dieux venus du ciel »

Il n'y avait aucun nom d'auteur. En ouvrant le livre, Legall fut surpris de voir des photos de squelettes d'Hommes qui devaient mesurer plus de trois mètres, d'ovnis un peu partout sur Terre, des clichées de trouvailles archéologiques provenant du monde entier, dont certains avec la présence de Mohamed Abdennour. Dans les pages suivantes, des textes expliquant comment ces Êtres étaient venus aider les humains à s'améliorer, à se développer et… à évoluer.

- Alors ? Ma patience à des limites professeur. Donnez-moi ça !
- Il ne vous apportera rien. Il n'y a pas de tablette dans un livre.

Legall se releva et garda le livre contre lui.

- Alors pourquoi protéger un accessoire qui est insignifiant ?

160

- Je ne protège rien. Je peux vous le donner. Mais il
  ne servira à rien pour trouver ce que vous
  cherchez.
- Laissez-moi en juger alors !

Davis arracha le livre des mains. Il ordonna à Legall de reculer et de rester dans le fond de la pièce.

La couverture était en cuir brun. Il vit les mêmes pages que le professeur auparavant et poursuivit.

31

L'heure était venue de partir. Anaïs était à la fois stressée et impatiente. Dans le couloir du rez-de-chaussée sa valise était posée, là, prête à partir elle aussi. Posées sur le meuble, les clés de la maison.

- Bon bah… quand il faut y aller…
- Tout va bien se passer, tu vas voir. Tu vas devenir la meilleure archéologue nationale. Tout le monde ne peut pas en dire autant à trente-deux ans, lança Sam en arrivant derrière elle en la serrant dans ses bras.
- Bientôt trente-trois, sourit la jeune femme.
- Trente-trois ans, l'âge du Christ.
- Roh ! T'es pas drôle avec ça. Puis tu sais ce que je pense de la religion…
- Et c'est pour ça que tu veux te marier à l'église. Je sais. Madame terre à terre.

Elle enfila ses chaussures pendant qu'il allait sortir la voiture du garage. Elle prit les clés, sa valise et sortit de la maison pour y rejoindre son compagnon.

Ils avaient emménagé dans cette ville il y a bientôt quatre ans. Elle, originaire de Paris, lui originaire de la région, ils s'étaient rencontrés lors d'un concert à la capitale.

Le téléphone sonna.

- Oui, allô ?
- Je voulais juste m'assurer que tu n'oublies pas ton train…
- Ne t'en fais pas, on est route pour la gare.
- Ok ! C'est parfait !
- Tu ne m'as toujours pas dit en quoi je pouvais t'aider.

- Je pense que tu vas être ravie et excitée par l'enquête ! As-tu déjà entendu parler de tablettes d'agiles sumériennes ?
- Bien-sûr ! Il y en a une dizaine qui ont été retrouvées en Mésopotamie. Mais il n'y a pas que des tablettes sumériennes ! On en retrouve aussi chez les Babyloniens et les Assyriens.
- Et que peux-tu me dire sur ces tablettes ?
- Qu'elles ont été écrites en caractère cunéiforme à l'aide de roseaux taillés en pointe, appelé calame.
- Mais encore ?
- Qu'une fois l'écriture réalisée, les tablettes séchaient au soleil et à l'air. Parfois elles étaient cuites au four.
- Et leur contenu ?
- Difficile à dire sans savoir de quelles tablettes tu parles Pauline. Il en existe tellement…
- Tu m'as dit une dizaine avant.
- Oui, en parlant des plus célèbres… Celles provenant de Sumer…
- Et donc… ?
- Et donc c'est sur ces tablettes que l'on y trouve l'origine…
- L'origine ??
- Celles de l'écriture, de l'agriculture, de la comptabilité, et… de la vie.
- De la vie ?!
- Il s'agirait des sept tablettes de la Création.
- La légende dit vraie alors.
- La légende ?
- Écoute Anaïs, je pourrais t'en dire plus dès ton arrivée à Paris. Crois-moi, tu ne seras pas déçue.

Ainsi se termina la conversation entre l'inspecteur de
police et l'archéologue.
- Ça va chérie ?
- Oui, oui. Enfin…je crois.
- Ta conversation avait l'air intéressante en tout
  cas.
- Effectivement ! Je crois que tu avais raison sur un
  point. Cette affaire pourrait être le début d'une
  longue carrière !
Sam prit le virage suivant et entra dans le parking.
Quelques mètres plus loin il gara la voiture. L'entrée du
bâtiment indiquait :

« Gare Besançon Franche-Comté TGV »

L'heure du départ approchait à grand pas. La valise à
bout de bras, les roulettes sur le sol étaient le seul bruit
environnant. Dans le grand hall Anaïs leva la tête et
observa le tableau d'affichage. Dans moins de dix
minutes, son train partirait pour Paris voie 8.
Sur le quai le couple s'embrassa.
- Je vais revenir vite.
- Le plus important, c'est surtout que tu reviennes
  ma puce. Puis ça te permettra de revoir ta famille,
  si tu as un peu de temps.
- Je n'y avais même pas pensé…
- Il faut bien que je te serve à quelque chose, sourit
  Sam.
- T'es bête ! Mais je t'aime.
Les haut-parleurs de la gare annoncèrent l'arrivée du
train qu'allait prendre Anaïs. Peu de monde sur le quai. A
croire qu'elle allait voyager quasiment seule.

Derniers baisers avant de monter dans le train.

Davis n'en revenait pas ! Ce livre était une vraie Bible pour lui et certainement pour ses confrères. Il expliquait bien des choses. Notamment comment s'étaient mélangés femmes et Anunnaki. L'Afrique ne serait donc pas le berceau de la vie comme beaucoup le stipuler--aient ?
- Professeur. Nous sommes à l'aube d'un monde nouveau. D'un monde meilleur basé sur la vérité.
- Sauf que…
- Sauf que quoi ?
- Sauf que pour que les Hommes écoutent, obéissent et fassent, vous allez dicter vos lois. Rien ne sera réellement changé. Si ce n'est refaire un monde pour le manipuler à votre image.
- Je ne sais pas si c'est de l'arrogance ou du pessimisme venant de votre part.
- Je me fous de ce que vous pensez. Là est quand même la réalité.
- Pensez ce que vous voulez ! Nous verrons bien qui a raison.
- Bien sûr. Lorsque votre grand maître sera là. D'ailleurs, il n'est toujours pas arrivé ? Non parce qu'à force d'entendre parler de lui, on ne sait pas si c'est une légende… ou s'il est mort ?
- Reculez ! Allez au fond de la pièce ! lança Davis agacé et irrité, l'arme pointée sur Legall.

32

Legall obéit sous la menace et se colla contre le mur du fond, les mains plaquées contre les pierres froides.
- Merci professeur. Vous me facilitez le travail.
- Mais vous n'avez toujours pas la tablette.

Davis sortit de la pièce en claquant la porte. De sa poche il sortit un cadenas dont il se servit pour enfermer le professeur.

La voiture n'était plus très loin du poste de police où s'étaient déjà retrouvés Legall et Antoine quelques jours plus tôt. Louis savait déjà à quoi s'attendre : des heures et des heures interminables d'interrogatoire.
- Que se passe-t-il ? Vous me semblez bien nerveux d'un coup, lança Leclerc les yeux rivés sur Louis.

Mais celui-ci ne répondit pas. Son silence était d'or. D'avantage encore lorsqu'il vit le sourire sur les lèvres d'Abdallah.

La voiture s'arrêta devant les marches du poste. Quelques instants plus tard les portières arrière étaient ouvertes. Les deux hommes descendirent de la voiture et Abdallah se laissa tomber à genoux, derrière Antoine. Lorsque les agents voulurent le relever, il fit un malaise. De sa bouche sortit un liquide gris.
- Qu'avez-vous fait ?? s'énerva l'inspecteur.
- Moi ? Rien. Si ce n'est qu'obéir.

A ces mots, il laissa tomber une toute petite fiole dont coulèrent quelques gouttes de liquide argenté.

Leclerc ordonna d'appeler une ambulance et de faire examiner en urgence ce produit. Autour de la scène c'était non loin d'une dizaine d'agents qui couraient de droite à gauche, telle une fourmilière. Malgré la tentative de réanimation, le Grand Maître n'était plus.

Antoine, qui avait été emmené à l'intérieur, gardait la tête tournée vers l'homme qui avait donné un sens à sa vie.

Leclerc rejoignit la petite salle dans laquelle Antoine était enfermé.

- C'était quoi ça ?! Bordel !! A quoi vous jouez ?!!
- Il est inutile de vous énerver inspecteur. Ou peut-être puis-je vous appeler Pauline ?
- Inspecteur Leclerc ! Rien d'autre ! Maintenant levez-vous !

L'homme fût emmené par deux agents de police dans une salle un peu plus grande, munie d'une vitre sans tain. Sur ordre de l'inspecteur, il fut menotté d'une main à la chaise, de l'autre, à la table au milieu de la pièce.

- Vous pensez peut-être que vous jouez un rôle clé ?!! Sauf que là, vous venez de vous tirer une balle dans le pied !
- Absolument pas. C'est tout le contraire.
- Dites-moi, où avez-vous caché cette fiole et que contenait-elle ?!?!?!
- Je ne vois pas de quoi vous parlez.

Leclerc s'avança nerveusement, son front collé à celui du suspect.

- Arrêtez de me prendre pour une conne !
- Ressaisissez-vous inspecteur, lança une voix derrière elle.

Ils venaient d'être rejoints par un haut-commissaire.

Anaïs sortit du train avec sa valise à roulettes et, un tour d'horizons, vit son amie. Elles s'avançaient l'une auprès de l'autre et se serrèrent dans les bras.

- Bon alors dis-moi ? Qu'est-ce que je fais là ?? Tu peux me le dire maintenant, non ?
- On va déjà commencer par quitter cet endroit.
- Toujours allergique aux trains ? la taquina Anaïs.
- Et ça n'est pas près de me quitter !
- A ce point ?
- A ce point.

Les deux filles marchèrent en direction du grand hall où une foule de personnes allait et venait.

- Je pense que tu vas être ravie d'apprendre le pourquoi de ta venue. D'autant plus qu'on ne va pas rester ici longtemps.
- Ici ?
- En France…, poursuivait Leclerc en présentant deux billets d'avion. On décolle dans quelques heures.

Après avoir traversé les quelques couloirs où les magasins se chevauchaient, elles arrivèrent à l'extérieur de la gare de Paris Est.

- Ce pays est riche d'histoire. L'intrigue me ronge davantage Pauline !!
- Monte, je vais t'expliquer.

Les deux femmes montèrent alors dans la voiture de police qui était garée sur l'emplacement des taxis. La voiture démarra et prit route.

- Voilà le topo, un malade mental est prêt à tout pour retrouver sept tablettes d'argiles. Les fameuses tablettes sumériennes. Ce type s'est suicidé devant les portes de poste de police, alors qu'on venait de l'arrêter. Ce type mène une poignée d'hommes qui sont actuellement là-bas. Ces mêmes hommes ont kidnappé des professeurs d'université pour les conduire à leur fin.

- Ce n'est pas plutôt une affaire de police internationale ?
- Le chef de la police nous attend déjà sur place. Mais j'ai besoin de toi.
- Mais pourquoi faire exactement ? J'avoue ne pas trop bien comprendre...
- Tu es bien archéologue, non ?
- Tu le sais bien !
- Tu nous aideras à identifier les tablettes.
- Mais la plupart sont dans des musées.
- Étaient...
- Peu de personne le savent mais... Elles ont été volées.
- Et pourquoi ils sont allés là-bas pour la dernière ?
- D'après notre enquête Abdallah, l'homme que l'on venait d'arrêter, sait où elle se trouve. Chez son père. Lui-même chercheur de reliques.
- En Irak donc ?
- C'est exact !
- Et donc... ?
- Et donc tu vas être notre Lara Croft à nous !
- C'est de la folie ! Mais pourquoi pas...
- Tu vas devoir toutefois te préserver en respectant quelques consignes de sécurité. Les types là-bas sont probablement armés et dangereux. Tu ne pourras intervenir qu'au moment où tout sera sécurisé et sous contrôle.
- Ça m'arrange. Je compte rentrer entière !

- Ça sera le cas, ne t'en fais pas.

Alors que Leclerc continuait d'expliquer la situation et le plan d'intervention une fois arrivées sur place, son téléphone sonna.

- Leclerc à l'écoute ?
- Inspecteur… On a un problème. Ce qu'Abdallah a ingurgité…
- Oui ? Vous avez trouvé ce que c'est ?
- Antoine en a fait autant…
- Pardon ?!! Comment est-ce possible ?!!
- Il a demandé à aller aux toilettes…
- Attendez, vous ne l'avez pas fouillé avant ?!!
- Je suis désolé inspecteur, on va devoir faire sans lui.
- Deux morts en moins de cinq heures ! Il ne faudra pas s'étonner quand certains vont perdre leur place ! Il ne nous restait que lui ici !

Pauline raccrocha nerveusement et Anaïs comprit que quelque chose n'allait pas. Le son de sa voix avait changé. Il était devenu plus fort et plus grave. L'une des rares fois où elle l'avait vu comme cela c'était il y a des années quand elle avait surpris son petit copain de l'époque fleureter avec une autre.

Alors que la voiture parcourait les rues de Paris, Leclerc gardait un visage fermé et stressé. Elle ne parlait plus. Anaïs avait beau lui parler, la seule réponse était une sorte de soupir qu'elle connaissait et qui ne signifiait rien d'autre qu'un « Je n'ai pas le temps là ! ».

- Je te connais, tu sais ?
- …

- Tu n'as jamais vraiment changé, niveau caractère.
  Et heureusement. C'est ce qui fait la femme et
  l'inspecteur que tu es devenue.
- Toi non plus tu n'as pas changé je vois.
- Comment ça… ?
- Toujours à vouloir trouver une solution aux
  problèmes des autres.
- Désolé, je ne voulais pas te vexer.
- Au contraire, c'est une de tes belles qualités
  Anaïs. Je ne t'ai pas choisi « que » parce que tu es
  une amie. Je connais ton professionnalisme dans
  ton travail et ta personnalité. Tu vas nous être
  d'une grande aide.
- Je ferai de mon mieux.
- Je n'en doute pas. Puis… on a plus trop le choix à
  vrai dire. Le deuxième, et dernier suspect qu'on
  avait, s'est lui aussi suicidé avec le même procédé
  que le précédent.
- Mais… comment ils ont pu faire ça s'ils étaient
  arrêtés ?
- Ça, c'est une autre histoire… Des fioles contenant
  un fluide de couleur grise qu'ils ont avalé.
- Et c'est quoi ce truc ?
- On attend encore les résultats du labo.

33

Elles arrivèrent enfin à l'aéroport de Paris-Charles De Gaulle. Là, une dizaine d'agents les attendaient déjà dans le grand hall du bâtiment. Quelques longs couloirs, offrant aux voyageurs d'acheter des tonnes d'articles dans différents types de magasins, se succédaient. Mais pas le temps de traîner. Leur avion décollait dans moins de trois quarts d'heure.

- Tout est prêt inspecteur. L'enregistrement a d'ores et déjà été effectué pour nous.
- Parfait ! Toujours pas de nouvelles du labo ?
- Toujours pas…

Pendant que Leclerc et Pelletier allaient enregistrer leurs billets, les agents se préparaient au départ. Certains appelaient leur femme, d'autres allaient juste fumer une cigarette.

Au guichet, Leclerc présenta son billet et son insigne à l'hôtesse d'accueil. Pelletier en fit autant lorsque ce fut son tour.

H-27 minutes avant le décollage.

Tout le monde était prêt. Ils prirent la direction du couloir d'embarquement. Douze minutes plus tard chacun était assis à sa place dans l'avion.

- La dernière fois qu'on a pris l'avion ensemble c'était pour aller aux Baléares.
- Exact ! Une semaine de pures folies !! C'était le bon vieux temps ça !!
- D'ailleurs, encore des nouvelles de Cynthia et David ?

- Aucune. Après les vacances en Espagne, la seule personne avec qui je suis restée en contact, c'est toi.
- Je vais me sentir privilégiée, dis donc !

Leur conversation fut interrompue par une voix forte, sereine et suave.

- Bonjour à toutes et à tous ! Je suis votre commandant de bord et vous souhaite la bienvenue à bord. Dans deux minutes exactement nous décollerons en direction de notre destination : Aéroport International de Bagad. Je vous demanderai de bien rester assis et d'attacher vos ceintures. En cas de problème je vous invite à appeler notre personnel de bord qui sera à votre disposition jusqu'à notre arrivée. Mesdames, Messieurs, je vous souhaite un vol agréable.

Ça y est ! L'avion était en vol. C'était plutôt calme jusqu'à ce que le personnel de bord passe dans les allées, pour demander si tout se passait bien et si quelqu'un désirait boire ou manger quelque chose.

- Anaïs, autre petite précision, il s'agit là d'une affaire confidentielle. Une fois sur place, il y aura des agents irakiens et le responsable de la police local, l'inspecteur Hamza Mabrouk. Pour assurer ta sécurité un agent restera avec toi dès qu'on sera sur le terrain. Rassure-toi, je ne serai pas loin non plus.
- Ne t'inquiète pas, ça devrait bien se passer de toute façon, non ?
- Comme je te l'ai dit, ils seront sûrement armés. Et je ne veux prendre aucun risque.

173

- Par contre tu ne m'as pas dit… On va rester combien de temps ?
- Eh bien… tout va dépendre de la mission. Si on arrive à mettre rapidement la main sur la bande organisée, ou pas. Et ça, ça va dépendre aussi de la police sur place et de leur avancement. Si on sait où aller, ça peut être régler rapidement. Deux, peut-être trois jours au mieux. Une à deux semaines au pire…
- Ok… Toute façon j'ai plus trop le choix je crois ? nargua Anaïs.
- Non, effectivement, là ça va être compliqué dans l'immédiat de faire demi-tour. Et puis… on a vraiment besoin de toi.
- Y a quand même un truc que je n'arrive pas à comprendre…
- Je t'écoute ?
- En quoi te suis-je réellement utile ? Tu l'as dit toi-même, c'est une affaire judiciaire, plus qu'archéologique. Je n'ai pas cru comprendre qu'on fera des fouilles. Je me trompe ?
- Pas vraiment…
- Alors je vais servir à quoi ?
- Une fois ces tablettes en notre possession il nous faut quelqu'un de compétent pour les authentifier.
- Et il n'y a personne de compétent sur place ?
- Si. Mais plusieurs avis valent mieux qu'un…
- Pauline, j'ai… Je… J'ai l'impression que tu ne me dis pas tout…
- Ne t'inquiète pas. Comme je te l'ai déjà dit, il s'agit d'une affaire confidentielle. Tout le monde

174

n'a pas besoin de tout savoir. Mais tu en sauras plus une fois sur place. Ne t'en fais pas.
L'avion poursuivait son vol et Anaïs s'était endormie. Leclerc en profita pour faire un tour et faire un point avec ses collègues.

A des kilomètres de là, le labo avait pu enfin rendre son rapport quant au produit ingurgité par les deux personnes qui se s'étaient suicidées avec. Il s'agissait d'un mélange de carbonate de lithium, carbonate de soude, de détergent, de cyanure et de colorant gris. Autant dire une « recette » artisanal et plutôt efficace. Restait maintenant à savoir si d'autres avaient ce produit et qu'elle en serait leur fin. Quoi que pour l'instant, Leclerc ne pouvait pas s'en préoccuper puisqu'elle n'était pas encore au courant.

34

Lorsqu'il ouvrit la porte, il fit face à son collègue, Anderson, assis sur une chaise, ligoté et bâillonné. Il accourut vers lui et lui ôta les chaussettes qu'avait pris Smith en guise de bâillon.

- Cette putain de…
- C'est bon ! Je sais ce que tu penses. Mais ça ne changera rien ! En tout cas on peut dire qu'elle a été maline ! Comment t'en es arrivé là ?
- Détache-moi déjà !
- Du calme, du calme, tous les autres maîtrisent la situation ! Alors ? Comment s'est arrivé ?
- Cette p…
- Allons, allons, inutile de l'insulter… Alors ?
- Elle a trouvé une trappe dans le sol… Sous le bureau et… MERDE !! Magne-toi et détache-moi !! Dans cette trappe y avait un flingue !!

Il s'empressa alors de le détacher pour retourner dans le salon afin d'avertir les autres. Ils dévalèrent les escaliers et débarquèrent dans le salon.

Mauvaise surprise : les deux hommes qui devaient garder Chloé et le vieillard étaient allongés par terre.

- Putain mais qu'est-ce qui se passe là ?!
- On va trouver une solution. Arrête de paniquer !
- Tu dis ça alors que tu as été attaché et bâillonné ? Tu dis ça alors que deux des nôtres ont été assommés ?
- Ils ne peuvent pas être bien loin. Ils ne peuvent pas sortir de toute façon. Tout est sous contrôle. Ce scénario avait été prévu au cas où.

Il était 8h27, l'avion atterrissait à l'aéroport international de Bagdad. Anaïs avait hâte de retrouver la terre ferme. Non pas qu'elle n'aimait pas l'avion, mais ce vol fut le plus long et le plus intriguant qu'elle avait eu à faire.

- Tout va bien se passer, ne vous inquiétez pas, lança un agent à Pelletier.
- Mais... Je ne m'inquiète pas. Pour qui me prenez-vous ?
- Désolé Madame, je ne voulais pas vous offenser.

Anaïs souriait timidement pour s'excuser.

- Tu as le droit d'avoir peur, tu sais. Ce n'est pas courant qu'une archéologue soit emmenée sur un terrain tel que celui-ci, chuchota Leclerc pour la rassurer.
- Je sais, merci. De toute façon je serai protégée n'est-ce pas ?
- Tu peux compter sur moi !

Une fois l'appareil posé, le personnel de bord invita les passagers à sortir, leur souhaitant une agréable journée.

Agréable... Mouai... on verra bien, se dit Pelletier.

La police française venait de débarquer en Irak. Dans le grand hall l'inspecteur Mabrouk était là pour les accueillir, escorté par trois de ses confrères.

Autour d'eux peu de monde. Mabrouk les salua rapidement et leur demanda de les suivre.

Anaïs était admirative face à l'extérieur du bâtiment. Des piliers en béton maintenaient des lignes horizontales de béton blanc entre lesquels s'intercalaient des vitraux.

Autre point stupéfiant, c'était le nombre de voitures de police qui les attendaient devant. Bien qu'elle aurait eut préférée des limousines.

- J'espère que vous avez fait bon voyage ?

- On a pu se reposer. Le calme avant la tempête.
- Oui. Je pense que la tempête approche à grand pas inspecteur Leclerc.
- Vous avez des renseignements ?
- Montez, je vous prie, on discutera en route.

Les voitures se remplirent rapidement. Pelletier se sentait « chanceuse » d'être dans la même voiture que les deux inspecteurs en charge de l'enquête. L'une de France, l'autre de Bagdad.

Grâce aux réseaux sociaux, elle pouvait écrire à son homme. Lui dire qu'elle est bien arrivée et qu'elle aurait plein de choses à lui raconter en rentrant. Lorsqu'elle rentrerait…

Dans la voiture, Mabrouk, assis côté passager, se retourna vers Leclerc.

- Nous vivons dans une bien drôle d'époque. Les gens se battent aussi bien pour cacher un mensonge qu'une vérité.
- Vous avez raison. Le monde tourne à l'envers.
- C'est même bien au-delà de cela. L'Homme est arrogant et prétentieux depuis sa création. Il devient sauvage et incontrôlable. C'est le monde qui est en péril. L'Homme va créer sa propre extinction. Et pas besoin d'un quelconque Dieu venu de je ne sais où, pas besoin d'être prophète, pour prédire cela. Il suffit de regarder tout autour de nous.
- Vous avez l'air au courant de chose dont on n'est pas encore informé inspecteur…
- Inspecteur Leclerc, pourquoi êtes-vous venue jusqu'ici ?

178

- Pour mettre la main sur une bande organisée qui a volée les tablettes d'argiles sumérienne et pris en otage deux ressortissants français.
- Et une américaine. Pourtant leur gouvernement n'a envoyé personne. Vous ne trouvez pas ça étrange, vous ?
- Vous êtes en train de me dire qu'il n'y a que nous sur l'affaire ?
- C'est cela. Le silence américain me paraît tout sauf normal.
- Peut-être qu'ils sont là. Vous n'avez juste pas été prévenu…
- Inspecteur Leclerc, je gère la ville et bien plus encore. Je fais partie des hauts fonctionnaires de l'État. Je serais donc informé de leur présence.
- Je vois…

Leur conversation fut interrompue par un appel téléphonique.

- Mabrouk, à l'écoute ?

…

Je vous demande pardon ?!

…

On arrive tout de suite !!

- J'ai comme l'impression qu'on ne va pas s'ennuyer chez vous !
- Un appel a été passé pour nous informer d'un échange de coups de feu.
- Ah ! Une affaire de vol à main armée ?
- Non ! Le tir proviendrait d'une des villas les plus réputée de la région ! On part chez Mohamed Abdennour.
- Le père de Chérif Abdallah.

179

-   Qui donc ?
-   Quoi ?? Vous n'êtes pas au courant ??
-   Au courant de quoi ?
-   Chérif Abdallah, de son vrai nom Abdennour, est le fils de Mohamed Abdennour ! Nous n'avons pas chômé !
-   La chance à la française !

Alors que les voitures fonçaient à vivent allure, le stress commençait à gagner d'avantage Anaïs, qui n'avait, jusqu'ici, jamais vécu une telle situation. Une multitude de questions se bousculaient dans sa tête.

-   Nous y sommes dans combien de temps… ? demanda-t-elle timidement.
-   Dix à quinze minutes, maximum. D'ailleurs, dans cette arrivée précipitée, nous n'avons pas été présenté.
-   Anaïs Pelletier, amie de longue date et archéologue, intervient Leclerc.
-   Enchanté !
-   De même… De même…

Les mots de l'inspecteur irakien ne rassuraient pas tant que cela Anaïs. Et le silence de Leclerc n'aidait en rien. Derrière eux, les voitures se suivaient de près et la destination approchait.

35

Elle descendit les marches le plus discrètement possible, tout en se retournant toutes les deux secondes, afin d'être assurée qu'elle n'allait pas être vue.

Au rez-de-chaussée, tout semblait calme. Un peu trop à son goût. Sa curiosité lui dit d'aller voir un peu plus loin, mais elle se ressaisit et finalement poussa la porte.

L'ambiance n'était pas la même. Il faisait sombre et elle ne chercha pas d'interrupteur au risque d'éveiller des soupçons. Elle descendit lentement les marches de l'escalier qui menait à la cave. Ses mains tâtaient la rampe se trouvant à sa droite et le mur en pierre à sa gauche. Ses pas étaient lents, mais certains. Elle progressait petit à petit jusqu'à poser le pied sur une dalle en béton. Elle palpa le mur à sa gauche, il avait l'air long. Elle le suivit tout en gardant sa main posée dessus.

Ce fut une résonnance au loin qui la fit s'arrêter net. Elle se plaqua contre le mur. Un éternuement.

- Bon sang ! Satanée poussière !! Ronchonna une voix d'homme à quelques mètres d'elle.

Lana Smith fût surprise par le son de la voix. Elle avança doucement vers elle. Elle longea ainsi le mur de dos et, par moment, glissait sur le petit renfoncement qui annonçait une ouverture. C'est ainsi qu'elle parvint à attendre la porte d'où la voix provenait.

- Professeur Legall ? C'est vous ?

Aucune réponse et pourtant elle voyait un faisceau de lumière passer sous la porte.

- Professeur ?! C'est vous ?

Toujours aucune réponse. Toutefois, le rayon lumineux bougeait.

- Ça se pourrait bien. Qui le demande ?
- A votre avis ?!

En parallèle, Leclerc avait enfin reçu l'information concernant le liquide ingurgité par Cherif Abdallah et Louis Antoine. Elle en profita pour en faire part à Mabrouk. Il fallait absolument qu'il prévienne ses équipes : aucune personne ne devait en boire ! Tout le monde devait être arrêté. Si l'un d'eux en prenait, ça serait un témoin clé en moins. Pour Leclerc c'était inenvisageable. Lorsqu'elle expliqua ce qu'il en était à Mabrouk, il fut, forcément, du même avis.
Ils approchaient de leur objectif. D'ici deux minutes ils seraient sur place.
- Quelle est votre stratégie inspecteur ?
- On encercle la maison et on entre !
- Excusez-moi, mais… Au vu du nombre de voitures et du vacarme qu'on fait, vous ne pensez pas qu'ils vont se douter de quelque chose ? répondit Leclerc.
- De toute façon, nous n'avons plus le choix.
- Pourquoi ça ?
- On y est !
Devant eux se présentait le grand portail qui laissait entrevoir une volumineuse et spacieuse demeure. Trois voitures s'étaient arrêtées à l'arrière de la maison, deux voitures de chaque côté et les trois dernières, dont celle de Mabrouk, à l'avant.

36

Chloé et Mohamed essayaient d'être les plus discrets
possible dans leur démarche. Ils se sentaient rassurés et
un peu plus en sûreté que dans le salon. Là au moins,
après avoir assommés les deux hommes, ils avaient pu
récupérer leurs armes. Autre avantage, pensa Chloé,
Mohamed connaissait sa maison par cœur. Peut-être
qu'ils avaient une longueur d'avance cette fois-ci. Il ne
restait plus qu'à savoir où étaient les autres.
Ils ne se voyaient pas quitter la maison comme ça.
Encore moins Abdennour. D'autant plus qu'il connaissait
la maison mieux que quiconque.
A vrai dire, elle avait appartenu à ses grands-parents. Ses
parents y avaient ensuite vécu, et il espérait qu'un jour
son fils y vive. Des travaux d'agrandissement et de
modernisation avaient été entrepris sur plusieurs
générations. Avec les années, elle avait pris de la valeur.
Aussi bien financièrement, que sentimentalement.
A deux pas du salon, dans la cuisine, Abdennour
contourna les traces de sang. Chloé était mal à l'aise.

- Les corps ont été enlevés… Regardez les traces
  au sol…
- Ils sont ignobles… s'attrista Chloé.
- Ne vous inquiétez pas, on va s'en sortir.
- Je l'espère… Et Joseph…
- Nous allons les retrouver, vous allez voir. En
  attendant, suivez-moi.

Abdennour se dirigea vers un grand meuble d'environ
deux mètres de haut sur un mètre vingt de large. Il
demanda un coup de main à la jeune femme qui
l'accompagnait pour le pousser de quelques centimètres

vers la droite, puis tira dessus. Là, un passage apparut.
Des escaliers menant un niveau en-dessous.

- Qu'est-ce que… ?
- Celui-ci est le plus court. Il y en a quatre au total.
  Sans parler des différentes planques dissimulées
  un peu partout.

Une fois passé, il referma vers lui le meuble et ensemble
poussèrent le mobilier vers la droite. Il avait repris sa
place d'origine.

- Faites attention. On ne peut pas allumer la
  lumière au risque de se faire prendre. Alors je
  passe devant et vous garderez une main sur mon
  épaule, comme ça vous pourrez vous laissez
  guider.
- Très bien... Faisons comme ça…
- Ne vous inquiétez pas. Je sais où nous sommes et
  où nous allons arriver.

Anderson et son complice arrivèrent dans la cuisine à
leur tour. Bien évidemment, personne.

- Ils se sont barrés bordel ! Ils ont pris la fuite je te
  dis !
- Calme-toi ! Ils sont ici.
- Ah ouai ? Et où ? Non parce que tu vois Matthew,
  moi je ne vois absolument personne ici !!
- Arrête de te plaindre et cherche ! Ils doivent
  simplement être planqués. N'est-ce pas Monsieur
  Abdennour ?

De l'autre côté de l'armoire, les deux compères restèrent
silencieux et à l'écoute. Ils préféraient ne pas bouger au
risque de faire du bruit. Il ne fallait pas qu'ils se fassent
repérer.

Dans la cuisine, ils commencèrent à ouvrir les placards au sol espérant trouver leurs prisonniers.
Avec le vacarme des portes qui s'ouvraient et se claquaient, Abdennour tapota sur la main de Chloé.
Signal pour descendre tranquillement les marches.

- Étant donné qu'aucune femme ne fait partie des ravisseurs et que vous ne me reconnaissez pas, je pense que vous êtes Lana Smith ?
- Perspicace professeur !
- Oh je vous en prie, appelez-moi Joseph.

Lana tenta d'ouvrir la porte mais impossible. Le cadenas tenait bon. Et impossible de l'ouvrir sans la clé.

- Je crains que vous ne deviez restez ici un moment... Joseph...
- Oh ne vous n'inquiétez pas pour moi. Je suis seul dans la pièce. Je ne risque rien. Je pense... Au fait ! Les Skull and Bones vont bien ?
- Autant que les Francs-Maçons, je dirais. Mais... Comment vous savez ?
- De base, la partie facile, vous travaillez à l'université de Yale.
- Oui enfin, je ne suis pas la seule enseignante de l'université.
- Dans votre nuque. Sympa le tatouage « 322 ». Et votre montre à gousset. De nos jours ça ferait « ringard » de voir de jeunes gens avec ce type d'objet. Vous l'avez reçue après votre initiation. N'est-ce pas ?
- On ne peut rien vous cacher.
- Oh eh bien, je dirai que c'est plutôt vous qui ne cachez rien.

185

- Et vous ? Monsieur l'Illuminati ?
- Perdu ! Je n'en suis pas !
- Bien-sûr que si ! Votre comportement avec votre amie...
- Mon comportement ?
- Oui, enfin vos gestuelles.
- Sachez mademoiselle Smith que tout francs-maçons n'est pas forcément Illuminatis. Ils ont infiltré nos rangs il y a de cela bien des années.
- Espérant pouvoir le pourrir de l'intérieur et devenir une grande puissance.
- Peut-être pour créer un nouvel ordre.
- Vous croyez vraiment à ces conneries ? La création d'un nouvel ordre mondial ?
- Eh bien, chère amie, si nos confréries existent, que nous avons chacun nos missions et nos rôles. Pourquoi pas eux ?
- Vous marquez un point.
- J'aimerais me tromper. Mais vous savez aussi bien que moi que, dans n'importe quelles communautés, certaines personnes ont les dents plus longues.
- Mais ce n'est pas avec tout ça qu'on va vous sortir de là.
- Certes. Savez-vous où ils sont ?
- Je sais juste que j'ai réussi à échapper à l'un des leurs. Ils font les gros bras, mais sont plutôt stupides.

La villa était donc encerclée. Tout le monde était prêt à intervenir. Leclerc n'attendait que ça ! Pouvoir enfin leur mettre la main dessus. En parallèle, Anaïs Pelletier,

186

bientôt trente-trois ans, angoissée de plus en plus à l'idée de se retrouver en face d'un homme armé. Sa nervosité se ressentait autour d'elle. Leclerc avait beau la regarder d'un air confiant, ça n'avait aucun impact. Les regards de Mabrouk étaient encore moins réconfortants. Seul le conducteur la regardait parfois dans le rétro intérieur lui lançant un petit sourire.

Mabrouk donna l'ordre dans sa radio de sortir des voitures et de se mettre en place. Moins de deux minutes après, ils étaient postés debout, derrière les portières avant ouvertes. Pelletier était encore dans la voiture.

- Inspecteur Leclerc, je crois que notre moment est arrivé !

37

Lana commença à s'agacer du fait qu'elle était d'un côté de la porte et Legall de l'autre. Elle avait beau chercher une solution, elle n'en trouvait aucune.

- Concrètement, que fait-on ? Je ne vais tout de même pas vous laisser là !
- Si vous le pouvez, fuyez ! Alertez la police et revenez avec elle ! Si l'un d'eux débarque, retour à la case départ pour tous les deux.
- Non. Je ne peux pas vous laissez ici. C'est impensable.
- Vous voyez peut-être une autre solution ?

Un bruit de frottement fît sursauter les deux protagonistes. Legall se retourna. Sur sa droite, le mur était en train de s'effriter et de bouger.

- Surtout ne dîtes plus un mot Mademoiselle Smith.

Legall avait du mal à y croire. Telle une porte, une partie du mur s'ouvrit vers l'intérieur de la pièce. Plaqué contre la porte, il n'avait pas vu venir Chloé Brunet courir dans ses bras.

- Oh Joseph !! Je suis si heureuse de te revoir, vivant !!
- Chloé… ? Mais… ? Comment tu as fait ??

Lorsqu'elle desserra enfin ses bras, Legall vit derrière son amie, Mohammed Abdennour et s'avança vers lui.

- Nom de… On peut dire qu'ils ne vous ont pas loupés…
- Ça n'est rien. Quelques égratignures superficielles.
- Mais attendez ! Comment avez-vous pu vous sortir de là et débarquer ici d'un coup ?

- On peut dire que votre amie a du cran. Ils se sont fais avoir avec une simple excuse de toilettes. Après qu'elle ait assommé celui qui l'avait emmenée aux toilettes, et moi celui qui était resté au salon, on a mis les deux corps dans la même pièce afin de ne pas en laisser un trainé dans le couloir.
- Et pour votre arrivée ici ?
- Il y quelques passages « secrets » dans cette modeste demeure.
- Et même des cachettes ! balança une voix de l'autre côté de la porte.
- J'oubliais, intervient Legall, mademoiselle Smith a elle aussi réussi à fausser la compagnie des ravisseurs.
- L'arme dans le bureau m'a été d'une grande utilité !
- C'était donc vous le coup de feu ?
- Tout à fait monsieur. Par contre, je suis désolée pour votre fenêtre…
- Ne vous inquiétez pas pour ça ! Mais ne perdons pas de temps ! On peut se retrouver dans la cuisine. Le passage à l'intérieur de la pièce nous y emmènera.
- Attendez ! S'interposa Chloé. Quand nous sommes descendus, deux des ravisseurs étaient dans la cuisine.
- Mademoiselle Smith est armée, n'est-ce pas ? interrogea Abdennour.
- Oui, l'arme du bureau.
- Alors remontez dans la cuisine, on s'y rejoint !

Brunnet et Legall suivirent Abdennour qui commençait déjà à remonter les escaliers. Smith revint sur ses pas et à son tour monta les escaliers. En haut, pas un bruit, elle ouvrit la porte et pénétra dans le couloir. Elle longea celui-ci discrètement jusqu'à arriver, un peu trop facilement à son goût, dans la cuisine.

Ça y était ! Mabrouk ordonnait l'assaut ! De part et d'autre de la villa, des hommes en uniformes enjambèrent le mur d'enceinte et couvraient les deux inspecteurs qui, à leur tour, entrèrent sur le terrain, arme à la main.
Petit imprévu : Anaïs n'était clairement pas à l'aise dans la voiture avec le policier qui devait la surveiller. Elle était partie en courant rejoindre Leclerc.
- Je t'avais demandé de rester dans la voiture jusqu'à ce que je vienne te chercher. Ce n'est pas pour rien !
- Désolée… Mais je ne me voyais pas en sécurité dans la voiture. Je préfère rester avec toi.
Après un signe de main, cinq agents s'étaient rendus devant la porte d'entrer. Étant fermée à clé, ils la chargèrent avec le bélier qu'ils avaient pris. Elle ne résista pas longtemps. Au quatrième coup, la porte en bois se brisa de toutes parts. Après quelques coups de pieds, l'accès fut possible. Ils entrèrent les premiers, suivis d'une seconde troupe de trois hommes et enfin Mabrouk, Leclerc et Pelletier. Pendant qu'une équipe se dirigeait vers l'étage, une autre avançait dans le couloir les menant au salon. Là, ils ne découvrirent rien d'autre qu'une pièce à peu près bien rangée avec des traces et tâches de sang là où était le fauteuil en bois. L'équipe à

Mabrouk continuait sa progression dans le couloir qui les menait à la cuisine.

Une dernière équipe se rendit au sous-sol mais remonta aussitôt. A part une porte cadenassée, rien à signaler. Ils décidèrent alors de remonter chercher le bélier. Et ce fût bénéfique ! Ils réussirent à la faire tomber. Sauf que derrière celle-ci : RAS. Personne ne s'y trouvait. La seule chose, une porte ouverte dans le mur. Passage qu'ils empruntèrent arme à la main au cas où. Mesure de protection avant tout.

Dans la cuisine, les policiers venaient d'arrêter leur premier suspect sans grande difficulté. L'un des hommes appela à la radio son supérieur.

- Et qui est-elle ? lança Mabrouk en entrant dans la pièce.
- Smith. Lana Smith, monsieur.
- Et où sont les autres ?
- Je…
- Où sont les autres ?! insistait l'inspecteur.
- Calmez-vous. Je crois qu'elle n'est pas suspecte mais…
- Américaine ! Regardez sa pièce d'identité ! Je vous avais bien dit que les Américains ne devaient pas être loin ! Mieux que ça, ils sont au centre du complot !
- Du complot ? Au centre ?
- Vous y allez fort !
- Ça, c'est du professionnalisme chère inspectrice !
- En attendant, cher inspecteur, vous n'avez aucune preuve !
- Je suis victime ! On m'a emmenée ici sans me demander mon avis.

- Et vous n'avez pas cherché à demander de l'aide ?
- Pendant qu'on perd du temps à parler, ils sont en train de faire je ne sais quoi, insista Smith.
- Qui ça « ils » ? intervint Leclerc. C'est important qu'on sache.
- Mais nous n'avons pas le temps pour ça. On en a déjà une !
- Inspecteur, vous divaguez. Vous n'êtes sûr de rien. Ils sont combien ?
- J'en ai vu quatre, peut-être cinq. Ils parlaient aussi d'une personne qui doit venir les rejoindre. Ils l'appellent le grand maître.
- Soyez tranquille, lui, on ne le reverra pas.

Entendant du bruit de l'autre côté, Legall proposa d'attendre que ça se calme avant de sortir. D'un autre côté il ne voulait pas laisser Smith seule face à ses individus.

- Faut prendre une décision. Et vite ! Ils arrivent !! s'inquiéta Chloé.
- Ne parle pas si fort. Il est peut-être seul.
- Non. Il y a au moins deux lampes torches qui se dirigent par ici.

Quelques instants plus tard, ils furent rejoints par la police.

- Vous tombez bien ! De l'autre côté, une autre victime est prise en otage par ces sagouins. Il faut intervenir, et vite !
- Taisez-vous ! Mettez-vous face au mur. Tout de suite ! ordonna l'un des agents.

- Mais vous ne comprenez pas ? Ils sont là !! Juste derrière !

Après les avoir menottés, les gardiens poussèrent le mur dont parlait Legall.

- Professeur Legall ! s'exclama Leclerc.
- Mademoiselle Smith ! répondit Legall.
- Monsieur Abdennour ! enchaîna Mabrouk.

Il y eut ensuite un moment bref de silence où tout le monde se regarda dans le blanc des yeux. Mabrouk s'était trompé quant à Smith. Et les otages étaient tous sains et saufs. Il ne restait plus qu'à mettre la main sur les ravisseurs.

- Je vous dois des excuses, Madame Smith.
- On s'en fous de vos excuses là ! Que savez-vous exactement ? Où sont-ils ? interrogea Leclerc.
- A la recherche de la septième tablette d'argile sumérienne reflétant la création.
- Ils sont persuadés qu'elle est ici.
- Et ça n'est pas le cas Monsieur Abdennour ?
- Là n'est pas la question. Ils sont armés et...
- Bien-sûr que si ! Là est toute la question. Parce qu'ils sont ici !
- D'ailleurs... ça ne dérange personne que des hommes armés soient ici et qu'ils n'aient pas encore pointé le bout de leur nez avec tout le vacarme que vous avez fait ? intervint Pelletier.
- Elle a raison, enchaîna Legall. Par contre, on peut vous aider. Il faut retourner dans la salle où nous étions tout à l'heure. Toutes sortes de symboles vous attendent.
- Ça va être à toi, Anaïs !

38

Mabrouk ordonna à quelques hommes de poursuivre les recherches dans la maison pendant qu'eux descendaient. Pelletier n'avait plus qu'une hâte : découvrir ces fameux symboles ! Lorsqu'ils arrivèrent dans la salle, en étant passé par le passage secret, Leclerc se posta devant la porte d'entrée par sécurité, demandant à tout le monde de rester à proximité pouvant ainsi laisser Anaïs faire son travail. Elle fît aussi vite que Legall le rapprochement entre tous les symboles qui trainaient à droite et à gauche. Mais quelque chose l'interpela. La gravure au sol n'était que le centre d'un triangle bien plus grand !
Elle dessina un croquis sur le bloc-notes qu'elle avait toujours sur elle. IL ressemblait à peu près à ceci :

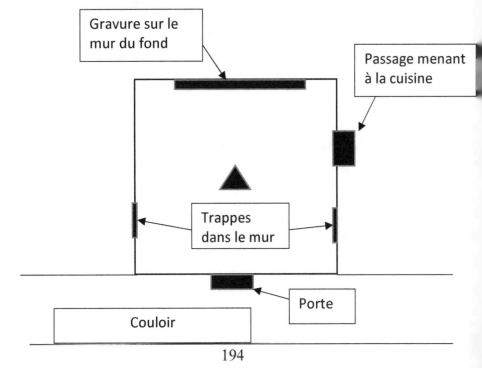

Elle regarda attentivement toutes les gravures : celles au sol, celles sur le mur ; l'emplacement des deux trappes. Et elle se rendit à l'évidence. Le mur en face d'elle était une autre porte. Restait à savoir comment l'ouvrir.

- Monsieur Abdennour, je suis certaine que vous savez comment ouvrir cette porte.
- Je ne connaissais même pas l'existence de ces deux trappes aux murs. Encore moins celle par terre.
- Pourtant votre fils et vous-même êtes en photo dans le livre qui s'y trouvait, intervient Legall. J'avais ce livre en main. Et il avait l'air d'avoir grand intérêt pour l'homme qui pointait son arme sur moi.
- Je… Je ne vois pas de quoi…
- Allons Mohamed, si tu peux nous aider, fais-le. C'est pour ta sécurité, poursuivit Mabrouk.
- Je vous assure que je n'en savais rien ! Je vous rappelle que je suis moi-même victime dans cette histoire…
- Une victime dont le fils en est à l'origine, enchérit Leclerc.
- Je… Je ne l'ai appris qu'avant-hier. Je n'étais pas au courant avant ça.
- Ce n'est pas compliqué, grogna Pelletier en s'avançant face à Abdennour d'un air déterminé, si ce n'est pas nous, ce seront eux qui seront en possession de votre secret. Alors ? Que fait-on ?

Leclerc fut surprise de voir son amie dans un tel état. On aurait dit que ses sentiments de peur et de doute, quant à sa place ici, avaient fait place à de la détermination.

- Je suis désolé mademoiselle… Je ne suis pas en
  mesure de vous aider…
- Tant pis pour vous !

Pelletier retourna face au mur devant cette gravure,
découverte auparavant par Legall.

- Je parie que vous avez également trouvé Nibiru.
- J'ai été cependant moins rapide que vous,
  répondit Legall.
- Et est-ce que vous avez remarqué ceci, en
  montrant au professeur qui se tenait maintenant à
  côté d'elle, le dernier triangle là en bas. Il ne
  désigne aucune lettre.
- Oui et… ?

La jeune archéologue sortit de son sac une petite truelle
et un pinceau. Elle commença à gratter sous la pointe de
la forme géométrique. Elle passa un coup de pinceau et
un « X » apparut.

- La planète X, d'accord. Mais nous l'avons déjà au
  centre du pentagramme.
- Erreur professeur. Un schéma précis a été réalisé.
- Que voulez-vous dire ?

Pelletier appuya sur la lettre X positionnée en-dessous de
la gravure.

Un léger craquement et de la poussière tombèrent du haut
du mur.
- Je ne comprends toujours pas Mademoiselle
  Pelletier.
- Appelez-moi Anaïs. Et faites-moi la courte
  échelle.
Elle monta sur les mains de Legall et bingo ! Elle avait
vu juste ! Une trappe s'était ouverte.
- Si c'est comme pour les autres, une tringle est
  coincée en haut.
Pelletier souri et tira dessus.
- Perspicace professeur !
Un bruit sourd résonna dans la petite pièce. Un flot de
fine poussière surgit du mur.
- Comment… ? Comment avez-vous su ?
  interrogea Mabrouk.
- Cette salle est un code en elle-même. Il suffisait
  de suivre le chemin indiqué.
- Le chemin ? Quel chemin ?

Pelletier montra alors le croquis final qu'elle avait dessiné auparavant :

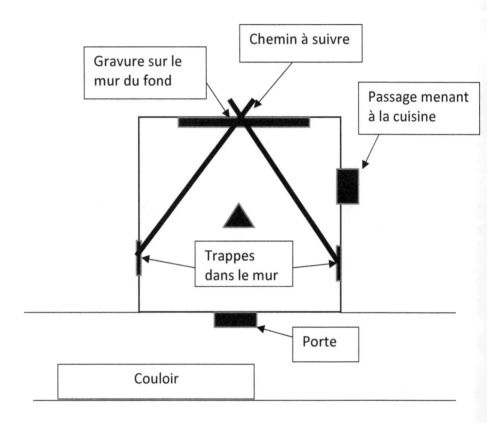

- A vous l'honneur madame ! lança Leclerc du fond de la salle.

Tout devenait confus pour Smith et Legall. Il y avait quelques jours de cela, ils vivaient leur petite vie : Smith en tant que professeur à l'université de Yale, Legall professeur à la Sorbonne, et là, ils avaient l'impression de faire partie d'une expédition hors du temps. Ils avaient été enlevés, attachés, bâillonnés… Les malfaiteurs étaient allés jusqu'à kidnapper la meilleure amie du professeur afin de le faire chanter. Ils avaient pris en otage le mari de Lana. Legall s'était fait trahir par un collègue, qu'il considérait « presque » comme un ami. Et là, ils étaient sur le point de savoir pourquoi ?

39

De son côté, Matthew Anderson était fier de lui ! Pendant
que ces abrutis de flics fouillaient la maison par petits
groupes, il avait pu les assommer et les attacher un peu
partout. Et dire que dehors ils restaient là à surveiller
alors que tout était en train de se jouer à l'intérieur. Une
aubaine pour lui ! Trois étaient attachés dans le bureau du
rez-de-chaussée, deux dans le salon, deux autres dans la
cuisine et cinq à l'étage. Il en avait également profité
pour en faire de même avec ses complices. Il voulait
devenir à son tour le Grand Maître. Fini d'être un simple
larbin. A partir d'aujourd'hui, c'était à lui de prendre le
contrôle et de décider ! C'était à lui de révéler la Vérité.
Mais avant ça, il lui restait encore une chose à faire. Et
pas des moindres. Il devait encore trouver la dernière
tablette. Et pour cela, il avait un plan.
Derrière la porte, il entendait tout ce qui était dit.
Notamment les absurdité d'Abdennour. Et l'heure était
venue. Il inséra la clé dans le cadenas et attendait qu'il y
eût un peu de bruit dans la pièce pour l'ouvrir.
Ça n'avait pas duré trois minutes qu'il avait ôté le
cadenas et il pénétra dans la salle, son arme collée sur
l'arrière de la tête de Leclerc.
- Tiens, tiens ! Comme on se retrouve !
Tout le monde se retourna et regardait inquiet la scène. Il
n'y avait dans cet endroit que deux flics, dont l'une avec
un flingue pointé sur sa tête.
- Inspecteur Leclerc. Ou plutôt devrais-je dire
Pauline ? Je ne sais pas, ça fait combien de temps
qu'on ne s'est pas vu ?
- Matthew. Pourquoi ça ne m'étonne pas.

- Vous vous connaissez ?! demanda Mabrouk très surpris, l'arme à la main.
- Oh non. Quelle tragédie. Pauline, tu ne leur as pas dit ?
- Dit quoi ? lança Anaïs.
- Eh bien, Joseph Legall : franc-maçon, Lana Smith : skull and bones, et puis nous avons Pauline Leclerc : Illuminati !
- C'est une plaisanterie là ? lancèrent Mabrouk et Anaïs en harmonie.

Anderson leva le t-shirt de Leclerc et la fît tourner vers l'assemblée. Tout le monde fut surpris de découvrir l'énorme tatouage recouvrant son dos. Une pyramide avec en son sommet, le symbolique œil qui voit tout. En-dessous trois lettres écrites en majuscule suivies de leur signification :

Nouvel Ordre Mondial

- L'inspecteur Leclerc est venue jusqu'ici, non pas pour résoudre l'affaire, mais pour mettre la main sur cette tablette.
- C'est qu'un tatouage ! Tu racontes n'importe quoi Matthew !
- Pour quelqu'un qui raconte n'importe quoi, vous avez l'air de bien vous y connaître ! intervint Pelletier. Tu t'es servie de moi.
- Pauvre chérie ! Tu vas t'en remettre, ne t'inquiète pas ! Tu n'étais pas censée le découvrir comme ça, mais vu qu'on y est…

Dans un vif élan, Leclerc se retourna et plaqua Anderson contre le mur. Elle demanda à Mabrouk de lui donner ses menottes. Lorsqu'il approcha, elle en profita pour l'assommer et passa les menottes à Anderson. Tout venait de se passer très vite. Personne n'avait eu le temps de réagir. L'inspecteur Leclerc pointait désormais son arme sur Smith, Brunnet, Legall et Abdennour.

- A présent Anaïs, tu sais ce qu'il te reste à faire. Ouvre-moi cette put*** de porte !!
- De toute façon, je crois qu'on n'a pas vraiment le choix, répondit Legall.

Anaïs Pelletier, qui venait de perdre une « amie », s'exécuta sans broncher. Elle poussa le mur de pierre où la grande gravure était posée. Il pivota d'un quart de tour. Elle avança doucement et, à peine un pas fait dans cette nouvelle pièce, des lampes néons s'allumèrent au plafond, laissant apparaître un mixte entre laboratoire et musée.

Le véritable secret se tenait là. Derrière des vitres horizontales épaisses de cinq centimètres au moins. Les unes à côté des autres, étaient accrochées au mur, à deux mètres de haut, les 7 tablettes d'argiles sumérienne. Toutes en écriture cunéiforme. Tout le monde fut à la fois surpris et ébahi. Ça n'était pas tous les jours qu'on voyait une telle collection. Elle était inestimable. Devant les panneaux de verre, une longue table représentant notre système solaire incluant : Mercure, Vénus, la Terre, Mars, Jupiter, Saturne, Uranus, Neptune, Pluton et… Nibiru, la planète X.

Sur le côté droit de la pièce un panneau de verre mesurant deux mètres sur trois était suspendu. Sur la table posée devant, un clavier.

- On n'a pas le temps de rêver ! Mets-le en route !
  ordonna Leclerc, pointant son arme sur ses
  otages.
Pelletier s'avança et appuya sur la toucher « Enter » du
clavier. Instantanément, l'écran s'alluma et demanda un
mot de passe.
- Là, je sèche.
- Eh bien, le professeur Legall va t'aider ! Je veux
  que tu trouves ce put*** de mot e passe !!
  s'énerva Leclerc.

40

Mabrouk reprenait doucement ses esprits. Anderson lui donnait quelques coups de pieds depuis un moment. Mais étant menotté à la porte, il ne pouvait prendre la fuite. Une fois sur pieds, il lui ôta les menottes et l'emmena avec lui.

A l'extérieur de la maison, il le refila à ses collègues qui le menottèrent à nouveau avant de le mettre dans une voiture. Mabrouk choisit ensuite quatre hommes de son équipe pour le rejoindre et entrer à nouveau dans la maison. Deux d'entre eux avaient pour mission de retrouver tout ceux ligotés dans les pièces de la demeure et les rejoindre au sous-sol une fois fait. Quant aux deux autres : l'un surveillait la porte menant à la cave, l'autre la porte dissimulée dans la cuisine.

Après cinq minutes de battements, Mabrouk descendit au sous-sol avec quatre agents. Ils seraient suffisamment nombreux pour coincer Leclerc. En attendant, les autres complices d'Anderson étaient arrêtés à leur tour.

- Alors ce mot de passe ? insistait Leclerc.
- Mais je n'en sais rien ! Les deux premières tentatives n'ont rien donné ! Et on n'a plus qu'un seul essai…
- Alors je te conseille de ne PAS te planter cette fois-ci ! Je ne voudrais quand même pas tirer sur mon amie.

Anaïs suait. Elle tenta de ne pas trop montrer son angoisse, mais elle était tétanisée. Smith intervint alors.

- Nibiru ! Est-ce que vous avez essayée ?
- Déjà fait. C'était ma première tentative…

- Je crois que je l'ai ! s'avança Brunnet.
- Ah oui ? Vous pensez à quoi ?
- Toute cette histoire nous emmène toujours à une seule et même conclusion...
- La Vérité ? lança Legall.
- Non. A l'Origine.
- Elle est douée celle-là ! intervint Leclerc. Essaye !
Hésitante, Pelletier tapa lettre par lettre...

E D E N

Mot de passe confirmé.

- Éden ?
- L'Éden fût à l'origine de tout. L'Éden est la source.
Au même instant les lumières diminuèrent en intensité et l'écran fit apparaître le système solaire tel qu'ils l'avaient vu sur la table auparavant. Une voix de femme résonna alors.

- Nibiru met 3600 ans pour exécuter son parcours autour du soleil. Il y a des milliards d'année elle est entrée en collision avec une planète appelée Tiamat. Celle-ci s'est divisée en deux. Ce qui format : la Terre et la Lune. Ainsi notre planète bleue venait de naître.
Nibiru, planète habitée par les Annunakis, gèle à certaine période de l'année. Pour la maintenir dans une atmosphère vivable, ils créèrent un effet de serre grâce à de l'hélium, de l'uranium et de l'or. Mais l'or sur leur planète vint à manquer.

C'est alors que Allalou, roi destitué de Nibiru, se réfugia sur Terre.

Vous retrouvez d'ailleurs référence d'Allalou sur l'une des tablettes sumériennes où il est écrit : Sur la grande montagne de Mars, ils ont sculpté l'image d'Allalou, que son visage soit tourné vers Nibiru, là où il a régné, et vers la Terre, là où il a trouvé de l'or.

Sur l'écran, la planète Mars en rotation laissant apparaitre le visage de Mars.

- Les Sumériens avait déjà, il y a cinq mille ans, représenté les planètes de notre système solaire, y compris : Uranus, Neptune et Pluton. Elles furent découvertes il y a quelques années seulement. Anu, nouveau Roi de Nibiru, décida avec ses fils, Enki et Enlil, de se rendre sur Terre avec une expédition, afin de récolter de l'or en grande quantité. L'Homme, tel que nous le connaissons aujourd'hui, n'existait pas encore. Anu se posa en Mésopotamie et créa l'Éden : champ d'élevage et d'agriculture. Source de la vie. Il confia ensuite le commandement de la mission à son fils Enlil, avant de repartir sur sa planète d'origine. Pendant ce temps son frère, Enki, exploitait les mines d'or du Zimbabwe, en Afrique, que nous connaissons aujourd'hui. Cependant, la fronde se mit en marche. Beaucoup d'Annunakis n'en pouvaient plus de ce travail de dur labeur. Tout allait changer lorsqu'ils virent qu'ils ne sont pas seuls. Non loin de là des troupeaux d'homo erectus. Après les avoir longuement étudiés, Enki prit conscience qu'ils étaient capables de creuser. Il prit donc la décision de s'accaparer d'une femelle et de l'apporter à son frère. Il lui accorda alors le droit d'effectuer des manipulations génétiques. Et ce serait Ninursag, l'épouse d'Enki, à qui l'on grefferait un ovule de cette femelle erectus.

Voilà comment naquit, il y a deux cent mille ans, un Lulu. Un mâle stérile, fort et intelligent. Il fût ensuite cloné principalement en Afrique. Le berceau de la vie.

Les Lulus virent les Annunakis tels des Dieux en leur connaissant une capacité supérieure et d'immortalité.

Jouissant de cette expérience, Enki poursuivit ces travaux et demanda à créer des Lulus fertiles, capables de procréer sans passer par les laboratoires extraterrestres.

C'est ainsi que les Adamas sont nés, à l'image des Annunakis. A l'image de Dieu. Encore plus forts et pouvant atteindre deux mètres de haut, voire plus.

Mais tout bascula lorsque Enki engrossa deux femelles humaines, qui, à leur tour, donnèrent naissances à des enfants.

Quand son frère l'apprit, dans un élan de rage, il condamna les femelles humaines au péché originel et prit la décision de renvoyer les Hommes du jardin d'Éden.

Autrement dit, le renvoi du paradis terrestre.

Après la mort du roi Anu, il y a cent mille ans, son fils Enlil rentra sur Nibiru afin de prendre le trône qui lui revenait de droit. Enki quant à lui décida de rester en Afrique. Ce qui eut pour conséquence de fâcher son frère. Pour cette raison, il demanda aux moais de l'île de Pâques de garder le contrôle et de la surveiller en son absence.

Il y a douze mille ans Enlil, roi de Nibiru, revint sur Terre pour mettre fin à l'existence des humains. Un rayon destructeur s'abbatit entre le Maroc et l'Espagne, provoquant un énorme déversement d'eau de l'Atlantique à la Méditerranée. Cet évènement eut comme répercussion la destruction de nombreux sites dont celui de l'Éden.

Enki en informa un homme, un seul, que nous connaissons sous le nom de Noé. Il put ainsi protéger sa famille et emporter dans son arche une paire de chaque animal vivant sur Terre. D'autres survivants construisirent la ville d'Ur, première ville sumérienne.

Voilà comment certains théoriciens, tel que Mohammed Abdennour, envisagent la création de la Terre et de ses habitants : les Hommes.

41

L'écran se coupa et la voix qui résonna ne ressemblait déjà plus qu'à un lointain écho. Il y eu un long moment de silence. Tout le monde se regardait sans vraiment savoir quoi dire. Derrière Leclerc se trouvait l'inspecteur Mabrouk et ses hommes.

- Fin de la partie inspecteur ! lança Legall d'un air satisfait.
- Vous êtes en état d'arrestation inspecteur ! annonça Mabrouk en lui passant les menottes.
- Ça doit être dur d'arriver à ses fins et qu'à la dernière seconde tout s'écroule ! s'en moqua Smith.
- Vous n'avez encore rien compris. L'humain est bien trop naïf, intervînt Abdennour.
- Que voulez-vous dire ?
- Inspecteur Leclerc, les tablettes ici présentes ne sont que des copies. Croyez-vous vraiment que je prendrais le risque d'avoir les originales ? De plus, ça ferait de moi un voleur. Puisqu'elles appartiennent à des musées.
- Tout comme les crânes de cristal, n'est-ce pas ?
- Exact, professeur.
- La partie est terminée, inspecteur. Ou plutôt devrais-je dire Grand Maître ?
- Mais… ? Mais ça n'est pas elle le…
- Mademoiselle Brunnet, lorsqu'elle a arrêté le soi-disant Grand Maître en France, ça n'était que pour garder sa place tant convoitée. Chérif Abdallah n'était que le prétexte pour arriver jusqu'ici.

Leclerc fût rapatriée en France et condamnée à huit d'emprisonnement.

De retour chez lui, Legall appris que son collègue était également complice et qu'il était mort. Peu de temps après Abdallah.

Smith, quant à elle, avait enfin reçu des nouvelles de son mari, sain et sauf. Elle décida toutefois de rester quelques jours à Paris. Ville qu'elle affectionnait beaucoup, mais qu'elle n'avait jamais eu l'occasion de visiter.

Ce soir-là, Smith, Brunnet et Legall étaient autour d'une table dans un restaurant réputé de du 6ème arrondissement. Leur repas fût coupé cours lorsque leur téléphone résonna en même temps.

- Tout cela n'était que le début. Le début de la vérité, annonça une voix de femme qui ne leur était pas inconnue.

Ils se regardèrent d'un air songeur.

- Je crois surtout que nous n'avons rien à craindre. Le but de toutes sociétés, même appelées « secrètes », n'est pas de révéler la vérité. Mais plutôt de la préserver. De s'assurer que personne n'en sera informé, au risque de créer le chaos. Le meilleur moyen de dissimuler une information est d'en dévoiler une autre qui éveillera curiosité et excitation mais qui vous éloignera de la piste principale, la *Vérité*.